《流动的中国》节目组
徐闻见 赵金燕 著

他们，在流动的中国

广西师范大学出版社
·桂林·

前言·找坐标

一切都复归平静后，徐小超给我们发来一条微信，说他觉得能在十四亿人中闪亮一天，已经很不错了。

我们在上海市中心的星巴克里偶然遇到徐小超，他穿着外卖员的衣服，正在学英语。"I am Xu Xiaochao"，"I am a deliveryman"，都是些最简单的句子，他期望有一天能用上。

徐小超是江西人，没上过大学，打过工，开过店，赔了钱。同千万背井离乡的年轻人一样，他来大城市是想赚钱。他选择去送外卖，因为门槛低，只要多出力，就能多赚钱。乍一看，徐小超和上海五十万快递员没什么不同，甚至他也这样觉得。

是学英语使他变得不一样。他在星巴克里和外国人搭讪，还能碰到热心的英语老师提点他几下，大城市的魔力在此时展现。"只有大城市才有这些意外的收获，你可以和优秀的人学习，然后向他们请教，可以让自己变得更好。"他说。

上海电视台的记者也发现了徐小超。他们播了一条名为《外卖小哥为干好工作自学英语》的新闻，然后被多家媒体跟进转载。徐小超上了微博热搜，他朗读了每一条网友回复。虽然只是短暂的一夜，但他很快乐，这是他在十四亿人中闪耀的一天。

这是《流动的中国》中的一个故事，一个关于普通人在时代中寻找坐标的故事。当徐小超离开家乡，投身交错凌乱、碰撞又分离的现代城市，离开熟人社会成为面貌统一的快递员，他用学英语向自己确认了徐小超是独特的，是一名在学习英语的快递员。

何谓"流动的中国"，这是导演组两年来不断思考和讨论的问题。是春运和外出务工那样的空间流动；是人才的流动或金钱的流动；又是梦想的流动或职业的流动。我们按照这样的设想去寻找选题，去跟踪拍摄，最终找到了许多打动我们的故事。这些人物和故事既平行前进，又彼此交叉，层次互异的年龄、不同的口音，表明他们所处的境遇不同，但他们在许多时刻里，是精神上的同盟者。

在广西拍火龙果的故事时，女工林海莹说到第二句话就哭了。第一句话是报出大名，第二句话是介绍自己为什么会在农场里干活。林海莹说她想回家，她原先在深圳工作，离开孩子好久，如果能在家门口找份工，每天能跟家人团聚，那可能是世界上最幸福的事情。说完她就哭了。

她是个感情充沛的女人，给火龙果拧灯泡补光时，她会在心里写诗。有一首这样写道："灯海点亮了土地 / 光芒万丈 / 就像十几年前，进城打工的小女孩的心情 / 心里憋满了发光的东西 / 谁也抢不走。"

林海莹说："我的运气不是很好。"她哽咽住，又重复了一次，"我的运气不是很好。我不是优秀的，但我是最努力的"。她从广西去往惠州，又从惠州回到家乡；她从一名打工女孩变为留守儿童的母亲，又回到孩子们身边。

归根结底，这都是中国人命运的流动。之所以称之为"流动"，是因为回望时，路径清晰可辨，因果环环相扣，原点难以忘怀。这其中，有的人随着时代的浪潮，奔涌入海；有的人遭遇逆流，奋勇展臂，迎头向前。

是人的行动创造了流动，是人用行动包抄生活，任何生存的困难都掩盖不住生命本身的美丽。在命运的流动中，山水关联，风云呼应，个体走过的城市和山川都化成了生命，点亮心中的灯塔，光芒万丈。

目 录

下 山 记

云南·昭通

下　山

　　2019年年底，临近春节，海拔一千八百米之上，云南昭通的桃子丫口村村民，正在准备搬迁。这些搬迁户中，有的在这个小山村生活了一辈子，有的刚从外地赶回来，还来不及近乡情怯，就要开始收拾行囊。

　　桃子丫口村属于山区，是老官房村下辖的一个自然村，位于偏远的少数民族乡镇——以古镇。老官房村是以古镇中较为贫困的一个村，没有街道，采买东西要到以古镇或岩洞脚村街上，大约有6千米的距离。在2017年修路工程尚未完成前，老官房村19个村民组的村民外出办事走的基本是山间的土路，只有一条通向村委会的柏油路。

　　搬家的前一天，九岁的陈亮在家门口的台阶上坐了很久。他家的房子已经老旧，白色的墙皮斑驳脱落，露出砌墙的石头和土块，木门上的漆也掉了，唯一的亮色，是门前那片油绿的菜地。说来也怪，陈亮在广

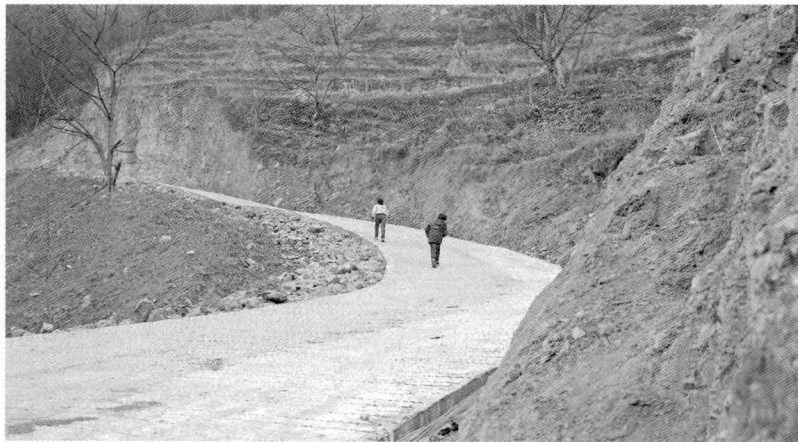

东出生、上学，回到村里的时间不过三个半月，但他感觉好像在家里已经待了很久了。关于新家，他的父亲已经去看过，并且给他看了照片，他也觉得好看，觉得美，尤其是新家附近的学校。他去过一次县城，但没有去过新家，搬家这件事，仍旧使陈亮感到陌生与无措。他知道，他的父亲很喜欢那个新家，"爸爸说他想搬家，所以我们就全部搬家了"。陈亮准备把写毛笔字的字帖和寒假作业带到新家去，他说在那里，他会更认真地完成作业。

那天晚上，陈亮的父母做了白菜炖肉当作在桃子丫口村老家吃的最后一顿晚餐。熏肉在灶上的锅里炒了很久，炒出很多油，其间陈亮的母亲足足切了两大盆白菜。熏肉盛出来后，陈亮的父亲掌勺，把肉炒出的油倒回锅里，放姜丝、蒜末和辣椒，又把熏肉放进去一齐炒了。陈亮和他的姐姐就坐在灶台的一边看着，身后的墙掉皮了，沙发上的红苹果图案和蓝色条纹已经褪色。门外，是灰蒙蒙的天，偶尔有挑着担子、背着箩筐、手上提着菜的村民过往。

地势的原因，桃子丫口村的房子几乎都依坡而建，多是石头砌的瓦片房，也有几栋两层的楼房贴了瓷砖，矗立在梯田或菜地旁边。这里山路蜿蜒，好在新修了路，少了雨雪天的泥泞，但走路爬起坡来还是颇费体力。村里没有学校，像陈亮一样需要读书的小孩子通常每天需要花上两三个小时在路上行走，才能到达学校。遇上雨雪天，便更艰难。极个别的，则在学校周围租个房子，等到周末再和陪读的家长走回村里。因此，桃子丫口村搬迁户的小孩子们几乎都因为新家旁的漂亮学校而振奋。他们基本没有真正地见过新学校，都是经由父母拍的视频或照片看见的，但这并不妨碍他们最想做的事就是到新家以后，去看看学校离家有多远。等明天搬家以后，他们就要跟新同学在一起学习。那些老同学，他们都会想念，有的说会再回来找他们，有的却说，不回来了。这些孩子，对家乡怀着不舍，又对新的生活满怀期待。

当然，也有一些少年，以平常心对待这次搬迁，邓辽就是其中一个。

邓辽今年十八岁，还在读高三。关于搬家这件事，他很平静，只说："我在哪儿都可以。"他已经看过新家的视频，东西还没搬过去，只有空空的房子，设施还不齐全。他帮家里搬一张红色的床垫，从斜坡弯道一路小跑到搬家的卡车后刹住，车上的东西太多，几乎是全部家当，大人们商量着衣柜要横着放还是竖着放好。邓辽的弟弟已经在二楼的窗台看了很久，身边停着一辆不打算带走的摩托车。全家的行李都被打包进了两只旧木箱和一只行李箱里，放不下的就用被单裹着，系成一个大圆球。木箱叠着木箱，上面放着他的蓝色书包，也是鼓鼓囊囊的，一同放在条椅上头，准备装运。这边人在搬着行李，另一拨人也不闲着，他们为了即将来的新年，正准备杀猪来吃。猪的号叫声从后头穿过枯树与老房，传到了前头。准备杀猪的村民穿着迷彩服，戴上黑色袖套，叼着烟，沾水磨刀。猪很快就不叫了，他们用喷火枪烧猪皮，一边炉子的火烧得正旺，有人添水，有人舀水，把开水浇到猪身上，紧接着刮毛的大叔下场，刀刃划过，猪皮变得白净，已具过年菜的雏形。

　　但在桃子丫口村，杀猪过年并非常事。更多的村民，是没钱买猪杀的，王秀家便是如此。邓辽家打包行李的时候，王秀正背着她十一个月大的孙孙走过，手里拿着两条小毯子。王秀穿着薄荷绿的外套，内搭一件白色半高领毛衣，长长的马尾搭在身前，留着齐刘海，看起来并不像是奶奶。她有两个女儿、一个儿子，除了一个女儿还在读书，儿子、儿媳和另一个女儿都外出打工了。儿子和儿媳在浙江的被子厂工作，但也挣不了多少钱，按王秀的话来说，是"生活费都不够"。王秀的一只眼睛有问题，用刘海稍稍盖着，因为这只眼睛，她几乎失去了务工赚钱的机会，本地没有活干，也一直没去城里找过。她没有去过新家，但仍旧感到开心，却没有具体的原因，只说："农村人嘛。"实际上，王秀看得很透，对于她的家庭而言，地理位置的改变并不那么重要，重要的是，地理位置的变化能否带来财富的变化。倘若问她城里的生活舒不舒服，她会答："在城里有钱的舒服，没钱的不舒服。"当她得知搬到县城里找

工作会更方便时，她说："只要能找到，都可以。"但王秀到了城里，也并不打算上班，正如村里的很多"奶奶"一样，她们负责照顾孙孙，为自己外出打工的子女提供相对无忧的家庭后盾。此外，王秀的身体也不好，一直在生病，对于那只出了问题的眼睛，她没有把治疗提上日程，因为"去了也没钱治"。

像王秀儿子一样的青壮年村民，脸上都掩不住开心与激动。有的人已经把新家看了又看，十分满意。从小住在山村的他们，对于高楼大厦总有一种向往，向往那些洁白的墙壁，向往贴了瓷砖的亮亮的地板。张林在家门前照了一张纪念照，照片中他咧着嘴笑，由于高兴，左手高高地举起。他去看过自己的新房子，站在楼下，十几层的高楼，他仰着头才能望到顶。张林的文化程度不高，并不好找工作。作为地质灾害监测员，他深知桃子丫口村已经不安全了，"山上石头快掉下来了"，因此，尽管他家已经在桃子丫口村住了一百多年，他仍旧为能够搬迁而感到庆幸。张林家的旧房子已经年久失修，此次搬迁正解了他的燃眉之急。和其他村民一样，他也把自己的全部家当都搬过去了，不只是柜子、洗衣机、床垫等大件，连大铁盆、碗、锅、凳子、满是炉灰的烧水壶也在其

中。他把新房的钥匙串成一串拴在腰头，锁上家里的木门，用力拉了拉，又推了推，确定已经关紧。张林家有一条狗，见到陌生人就警惕地叫唤，很灵。但这次搬家，张林带不走它，他把它送给了自己的亲戚。亲戚牵着狗，从张林家离开，上坡往相反的方向走去，那条狗还是很灵，没有叫唤，摇着尾巴跟他走了。

搬迁户们几乎都收拾妥当了，站在"精准实施易地搬迁，彻底斩断贫困根源"的标语下开会。镇长给他们讲解了政策的要点，陈亮则作为代表在之后发言。陈亮把自己要讲的话写在一张作文纸上，拿着走上去，村民们给他掌声作为鼓励，他有点害羞，笑着拿起话筒，用不太标准的普通话一个字、一个字地念：

"今天我们搬家了，搬到城里去了，县城的房子楼很高、很宽敞，有煤气，有电梯，有花园，墙都是白的，窗户是不透风的。但是，最喜欢的是城里的学校，等过了寒假，我再也不用每天走三个小时的山路去上学了，再也不怕下雨、下雪的天气啦！"

念完，陈亮放下话筒，村民们再次给他鼓掌，他抿着嘴笑，似是很不好意思。陈亮重新返回自己的父母身边，与聚集在一起的搬迁户们合影，他们笑着喊："我们搬家啦！"将所有的开心、不舍都留在这一刻。搬家的卡车已经就绪，司机把车厢的第二道门一关，栓子一扣，防水的红蓝条篷布一盖，盖住村民们的家当，用绳子穿过篷布四角的圆圈，绑在车边，便可出发了。绿色的客车也已经准备好了，搬迁户们一个接一个地坐上车，邓辽背着他一定要带的吉他跟着上去了。今天，他在家门口弹了《兰花草》，还不是很熟练，但仍旧很像样，作为一种告别。

　　车门关上了，客车和卡车都慢慢驶离桃子丫口村，在蜿蜒的山路上排队前行，路过梯田、菜地和树林。车后鞭炮和大喇呐的声响，渐渐地小了、远了，搬离家乡的人们在车上起初相互交谈，后来有的靠着车窗，有的靠着座位，躺着、趴着睡着了。在颠簸的车厢里，"出入平安"的红穗子不断地晃动，孩子车坐久了开始哭闹，没怎么坐过车的老人抓住前面的座位以求平稳，大家都没有话。在和以往一样很大的雾气之中，搬出桃子丫口村的他们，都在沉默中等待一种新的生活。

初到呢噜坪

　　到达呢噜坪安置点后，桃子丫口村的村民听指挥排了队。安置点安排了志愿者，各自举着牌子，A区1幢、A区2幢……依次排列。他们跟着志愿者走，找到自己的新房。志愿者们在一楼就教他们使用电梯，上楼时便按向上键，屏幕显示向上的箭头就表示电梯在向上运行，显示向下的箭头就表示电梯在向下运行；进了电梯，就要按下自家楼层相应的数字；电梯门关上，按过的楼层会开门，要看好数字出去。这些乘电梯的常识，对于从小生活在城市的人而言，已经像吃饭喝水一样稀松平常，但对于刚从山上搬下来的他们而言，可能并不简单。志愿者们尽量用方言来教他们，那些不识字的老人听第一遍总还好像有些迷茫，小孩子学起来则快得多。志愿者一遍遍地确认："懂了没有？"如果他们没有点头或说"懂了"，志愿者便耐心地再教一次。很多人是第一次乘坐电梯，他们又是好奇又是害怕，感觉电梯像个密闭的房间，"呼"一下上去了，"呼"一下又下来了。他们搞不清这个小房间是怎么运作的，怎么能想上就上，想下就下，随心所欲。走进新房，他们的第一件事是放下行李，小孩忙着看自己的新卧室。房子大多还是原始的样子，有的人家提前几天来把桌子、床搭好了，东西都堆在桌上，显出搬家特有的杂乱。

呢噜坪安置点是镇雄县三大安置点之一，位于南台街道新村社区，规划用地752亩，有44栋安置房，其中11层28栋，18层14栋，17层1栋，9层1栋。配套建设商铺16栋，扶贫车间1个，九年一贯制学校1所，幼儿园1所。同步建设社区服务中心2个，医疗卫生服务站1个，垃圾中转站2个，公厕2个。而桃子丫口村所在的以古镇，地形以山地为主，山高坡陡，气候严寒，因地处偏僻，不仅基础设施建设薄弱，部分村庄存在道路不通畅、电力不稳、通信信号盲区等问题，在受教育程度上，也大受阻滞。

镇雄1986年就被列为国家重点扶持特困县，农村贫困发生率一度高达91.03%。到2016年，全县171万人口中，确认的建档立卡贫困人口仍有56万，30个乡镇（街道）中有20个贫困乡镇，263个村（社区）中有235个贫困村（来源：新华网）。2014年以来，中央和云南省累计投入项目资金317亿元，各有关单位和对口帮扶城市积极帮扶，各方共同帮助镇雄逐步补齐了"锅底"短板。

当搬迁户们来到呢噜坪安置点后，有很多的工作需要社区解决，社区干部袁鹏飞就是解决问题的成员之一。

袁鹏飞的日常工作便是服务搬迁户，看他们的生活是否适应。"适应"一词，看起来似乎简单，实则难度颇大。

镇雄县县城的环境与搬迁户们原先的居住环境相去甚远，他们面临的并非只有洁白的墙壁、舒适的新屋，还有与过去差异甚大，甚至是截然不同的生活方式，需要改变的习惯十分琐碎。

袁鹏飞常在小区里晃悠，当然，并不是闲庭信步，而是观察搬迁户的生活，并聆听他们的意见。他遇到老人家时，就要叮嘱"上下楼梯，注意安全"；遇到带孩子的，就要嘱咐"看好自己的娃娃"；看到骑摩托车的，就要嘱咐"慢点骑"。他总是随身带着一个小喇叭，这里喊喊，那里喊喊，结尾总是那句："有什么问题就给我打电话！"对于刚从山村来到县城的村民而言，口头教给他们一些复杂的办事程序是一件几乎难以完成的事情，而这句话，是最好懂的，它近似于在村里头喊："有事喊我一声，我马上来！"实际上，这也是袁鹏飞想要做到的——尽管村民们从山上来到了这里，但他仍旧想要让他们有回家的感觉，想让呢噜坪成为他们新的家乡。

桃子丫口村村民搬来的第二天，袁鹏飞照例巡视社区。路上遇到一个老大爷，老大爷告诉他，昨天和其他的老人一起打牌了。他感到很欣慰。他一直跟搬迁户们讲："以后你们在这边都是亲戚。"袁鹏飞先到"老年之家"去看了看，"老年之家"主要是用来让老人能在里面相互唠唠家常、谈谈心的，很多老人选择在里面一起打牌，通常打的是积分，谁先到一千分，谁就赢了。这是老人们搬迁后的自娱自乐，无关钱财，是为了消磨时光。老人们在村庄里时，几乎按照"日出而作，日落而息"的模式生活，在他们的生活里，土地的占比巨大。如今骤然来到县城，他们住进了高楼，没了土地，也就没了每日必做的劳动，自然感到不习惯。而老人生活的另一部分，是他们的孙孙。这些孙孙几乎都是留守儿童，他们的父母大多选择外出务工，为他们的家庭挣一份更好的生活。但他们的祖父祖母，却无法辅导他们完成作业。出于这一层面的考虑，呢噜坪安置点设置了"儿童之家"。周末，这些小孩便会来到这里，大学生志愿者会对他们进行辅导作业的服务，比如字写不好的要给予纠正，有课业上的问题亦可以进行即时的解答。在"儿童之家"的墙上，贴着"学习是成功的基石"的标语。这些曾经为上学路所苦的孩子们，终于能够踏着平坦的水泥路行走，在明亮、宽敞的房间里写作业。学习是成功的基石，而这些设施，无疑是使他们能够更加安心学习的基石。

在"儿童之家"，袁鹏飞对这些孩子进行了一些文明规范的指导，第一个便强调了卫生的问题。来这里的路上，保洁阿姨跟他抱怨小区里有人乱扔垃圾，不定点投放，她讲了又讲，感觉自己的劳动成果不被尊重。袁鹏飞知道，好的习惯是要从小养成的，于是，他对孩子们特别强调要养成好的习惯。此外，他还希望通过孩子，能够去纠正家长们的不文明行为。垃圾要丢垃圾桶，不能随地吐痰，不要乱踩草坪，也不能在电梯里大小便——针对一些具体的问题，袁鹏飞给孩子们说了具体的要求。除了卫生，袁鹏飞也强调中华传统美德的弘扬，尤其是"尊老爱幼"这一条。但孩子们本就是"幼"，他便告诉他们要尊敬老人，假如是爷爷奶奶带的，更要注意照顾他们，行动不方便的要扶着，危险的地方要阻止他们去。另外，袁鹏飞虽然支持孩子们来学习，却很担心他们出门没跟家里人说。县城相较村庄，是一个开放的环境。小区里人来人往，难以保证每一个人都是好人。倘若有人不怀好意，那么孩子们就会面临巨大的危险。袁鹏飞之所以叮嘱大人们要看好自己的娃娃，正是因为有这一层忧虑。

　　强调完这些问题，袁鹏飞决定带老人和孩子们去县城里转转，让他们熟悉熟悉环境。镇雄县位于云南省东北、云贵川三省结合部，素有"鸡鸣三省"之称，是享有"美酒河"美誉的赤水河发源地，集革命老区、高寒山区、贫困地区于一体，属全国革命老区县。全县面积3 696平方千米，辖30个乡镇（街道）263个村（社区）5 468个村（居）民小组，有彝、苗、白、回等17个少数民族，总人口（户籍人口）169万人，是云南省第一人口大县。[①]呢噜坪安置点身处其间，相较于以往，村民出行得到了极大的便利。

　　孩子们起先排着队，后来变成手牵着手前进，袁鹏飞领头，说："走，我带你们尽情地去耍！"另外几个工作人员跟在孩子、老人的身边和身后，确保没有人掉队。从"儿童之家"出发，他们需要走一段路，再走一段楼梯，袁鹏飞适时给孩子们复习"礼让老人"的美德，上车时也是如此。老人先上了车，孩子们则在后头排成两队，等待上车。袁鹏飞是

---

① 出自镇雄县人民政府官网"镇雄简介"（2021年9月）。

最后一个上去的，在车上，他也没忘记教导大家要遵守交通规则，不要交头接耳、高声喧哗或是随意打开车窗探头、吐痰、乱丢垃圾。

袁鹏飞站在车的前端，拿着他的小喇叭，向老人和孩子们介绍镇雄县。袁鹏飞先让他们往窗外看，并让司机慢慢开，以便他们能够记住呢噜坪安置点的位置以及周边环境的模样。车子慢慢往前开，不一会儿就到了镇雄县第五小学，司机在这里靠边停了一下，车上的人透过窗户往外看，是他们曾经期待的学校的样子。再出发时，袁鹏飞忽然发现大家都没有系安全带，笑着说："我犯了错误，你们也犯了错误。"老人和孩子们没有反应，不知袁鹏飞说的"错误"是什么。他拿着喇叭说："刚说我们要遵守交通规则，但我们没有系安全带，快系上。"他们听了，找到车座左侧的安全带，插进右侧的孔里，并尝试着拉紧。系上不久，雄腾广场就到了。袁鹏飞指导他们有序下车，孩子们面对他站成两排。他指着广场碑上的字问他们认不认识，孩子们异口同声地念出了广场的名字。袁鹏飞很满意，由于时间有限，他只向他们介绍了这个广场平时可以过来走走，并没有带他们过去。

重要的环节在后头——教他们看红绿灯，安全地过马路。袁鹏飞带

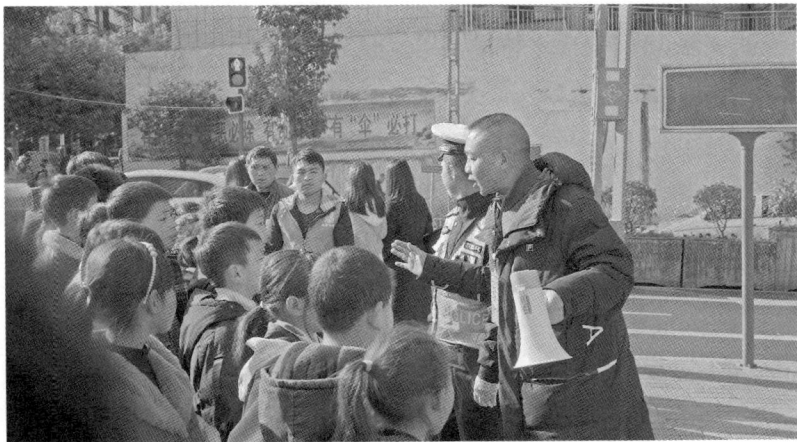

着他们步行到路口，请交警过来教他们：斑马线才能走，红灯不能走，有车辆过来也不能走，绿灯才能走。说完几个"能"与"不能"，老人和孩子们跟着交警趁着绿灯过了马路，并到对面的路口练习。无论在小区内还是小区外，袁鹏飞最怕的就是车辆对老百姓的安全形成威胁，于是，他特意再说一遍："我们不碰车子，也不让车子碰我们。"县城里的车流如织，车辆的喇叭声此起彼伏，老人和孩子虽有不适，但仍旧牢牢记住了口令，自己成功过了马路。之后，他们重新上车，找好自己的座位，放好了自己的东西，系好了安全带。短短几个小时，他们似乎已经开始习惯了，尽管有些孩子的脸上仍显露出对此感到陌生的表情。

镇雄县人民医院是县里最好的医院，又称城南医院。由于医院是生活中会去的重要场所，袁鹏飞向他们介绍了这里，他们下车遥望了医院门口一会儿，又上车去了。

袁鹏飞最想带孩子们看的，是城南中学。城南中学是镇雄最好的学校，有初中，也有高中，环境优美。获得准许以后，他带着他们进了校园。在校园里，袁鹏飞问孩子们：

"这个学校跟你们老家学校比，好不好？"

"好！"

"想来读不？"

"想！"

"回去要好好读书不？"

"要！"

校门口转完，他又带着他们到操场去，给他们在操场上拍了个合影。他希望通过这次参观，能让孩子看到新鲜的学校生活，从而鼓励这些孩子努力学习，考进这个学校。

学校参观结束，熟悉环境的流程也差不多到了尾声。他们再次上车，袁鹏飞不厌其烦地强调刚开始上车时就说过的规则，老人和孩子也一一照做。回去的路上，他们聊起天来。一位大叔说起自己以前来到城里就很害怕，因为自己什么都不会，但这几天却很适应。邻座的大叔听他一讲，也说起自己没有想到有一天能到城里来，这里比农村好了很多倍，如果有人不愿意搬来，那肯定是因为没进过城，没有体验到城市的好处。袁鹏飞听了他们的话，才放松似的笑了起来。

回到小区，门口有人在卖透明的大气球，很多人给孩子买了，一手提着吃食，一手牵着孩子的手走进去。人们进进出出，许多人聚在楼下聊天，这里一拨，那里一拨。天气晴朗，太阳底下，小孩子放声大笑，一起跳着绳。显然，呢噜坪在很多地方都与以古镇，与桃子丫口村不甚相同，但这些村落的人情，却像从未消失一样，融在呢噜坪的各个角落。

袁鹏飞的一天

除了在小区里巡视，袁鹏飞的其他工作基本是在联合工作组便民服务大厅完成的。搬迁户遇到生活上的问题会给他打电话，遇到一些需要登记处理的事情，就需要来大厅。与生活问题一样，袁鹏飞在服务大厅遇到的问题也多种多样：有的是房子面积不符合实际人口数，需要统一上报县里处理的；有的是随迁户子女读书的问题需要咨询，来人常常是搬迁户的子女，他们需要外出务工，便把自己的子女交给父母带。刚搬来两天的邓辽也到大厅来登记，说明自己的父母外出打工，家里只剩他和弟弟。袁鹏飞听了，决定到他家看看。路上，袁鹏飞也没有闲着，跟邓辽在说笑之间了解他家里的情况。邓辽的家里，弟弟独自在家，见哥哥和袁鹏飞进来，些微有点害羞的神情。邓辽把家里收拾得很干净，给袁鹏飞看了政府发的电饭煲和条形板凳。袁鹏飞照例嘱咐了一些用水用电、门窗的问题后，便放心地走了。邓辽把吉他带到新家，喜欢随意地穿着棉拖，在楼顶的楼梯坐下，练一练《兰花草》。楼顶风吹过，吹乱了他的棕黄色的头发，左耳的耳钉在阳光下闪着光。这首曲子从桃子丫口村带到呢噜坪，他还是没能完整地弹奏出最后一句。

　　从邓辽家离开后已是中午，袁鹏飞到小区里的一家小饭馆吃饭。他并不坐里面，却搬一把靠背木椅到外头坐着。饭馆顶上各色的风车被风吹得转起来，影子投在墙上、饭馆的玻璃门上，也投在袁鹏飞的衣服和脸上。吃饭的间隙，袁鹏飞仍会想起一些工作上的难题，一个是方言，一个是打工。搬到呢噜坪来的老百姓，此前多数生活在闭塞的山村，他们用方言交流，不怎么听得懂普通话，也不怎么会说普通话，而这将极大地影响他们在县城的生活。其中受到的一个影响，就是就业。搬迁户中，大部分青壮年仍旧选择去外地工作，有的搬迁户则是将近退休年龄，就业机会并不多。袁鹏飞思考的正是如何给不同需求的人群找到适合他们的岗位。

　　如果说方言和就业是袁鹏飞早就料想到的问题，那么在实际工作中，其实还有很多问题，远超这两个方向之外。在农村的时候，很多搬迁户用的还是旱厕，当他们来到县城，面对新型的厕所，他们常常忘记，厕纸不能直接丢进便池。而这一丢，可能就会造成整栋楼的水管都堵住。因此，袁鹏飞不得不每天一户一户地做检查，提醒他们一定要把厕纸扔在纸篓里。在呢噜坪，大部分的搬迁户外出务工，并且很大可能连子女也带出去，家里常常就剩两个老人留守。这些老人不识字，也不会打电话，哪怕那句袁鹏飞常常喊的"有事给我打电话"如此易于理解，他们也无法做到。于是，社区的工作人员只能每天亲自去敲门询问。但即使是敲门，也可能引起老人们的恐惧。过去在乡下，他们的周边都是熟人，透过窗户，也能看到是哪个村民来串门，而在这里，他们需要通过门外并不熟悉的声音来辨认，袁鹏飞和他的同事常常需要说清楚自己是谁，老人们才会给他们开门。这种警惕，在袁鹏飞看来，是好的。起码，他们在家里不会轻易受推销人员的欺骗。

过去，袁鹏飞在农村，住的房子里电灯的开关是一根绳子，一拉，咔嗒，灯就亮了，再一拉，灯就灭了。而县城里的开关不一样，它们安在墙上，不再需要那根摆动的细绳。刚从山村里下来的村民们不太习惯，常常打电话给他，说："哎呀，我灯关不了了，要关灯。"有时，电跳闸了也不知道只要掀开电闸的盖子，轻轻一推就有电了，于是他又会接到"我没电了"的电话，匆匆赶到，为他们演示，教会他们处理。此外，门锁也是一个问题。很多搬迁户在村里已经养成出门把门一拉，门扣一扣就走的习惯，他们不习惯随身带着钥匙，常常是门一关，才想起来钥匙落在家里，这时就要给袁鹏飞打电话，他便请开锁公司来给他们开锁。每天，袁鹏飞处理的几乎都是这些关乎生活日常的小事，很多意想不到的，他也只能一边处理一边摸索更好的解决方式。

吃完饭，袁鹏飞从椅子上起来，进门站着喝了几口汤便付钱走了。下午，他还有重要的工作要做——给村民在招聘会上找合适的工作。这次招聘会就在呢噜坪安置点举行，小区夹道两旁一溜地放着单位的招聘立牌和桌子，招聘人员坐在桌子后头，桌上摆着招聘岗位的信息羊子。招聘会入口处，立着一个高高的充气拱门，上头贴一块"南台街道呢噜坪易迁点劳动力县城内务工招聘会"的大红布条，场内人头攒动，好不热闹。袁鹏飞进去，先在一个单位拿了张单子了解情况，又在人群中找他的村民，打算引导他们到合适的岗位去。他看到一个女村民，带着两个孩子在那儿迷茫地乱窜，立马过去询问。那村民想找份县城里的工作，还能照顾自己的家庭，袁鹏飞把她带到一个药房单位咨询，结果岗位几乎都要高中学历才能胜任。而村民只有小学学历，只好作罢。又走了几家，袁鹏飞在一家超市单位停下，他们的许多岗位只需要小学的文化程度，正适合她。于是她很快填了信息，等待之后单位联系。

完成一个任务，袁鹏飞更有了干劲。他又遇到搬迁户中的一个年轻小伙、三个大叔。大叔们想去当保安，袁鹏飞便为他们筛选岗位，见一个酒店还算合适，便让酒店的招聘人员给他们详细介绍薪资待遇。第一个月两千三，满勤有一百的奖金，但需要两班倒，一天上十二个小时的班。大叔们填了信息，等酒店联系他们去面试，但其中一个已经六十岁，不符合标准。袁鹏飞带着一批又一批的村民找工作，有的想当建筑工人，有的不想在县里就业。他有点发愁，此次招聘会的规模并不算大，很多岗位的薪资在他看来并不算高，他心疼老百姓拿着微薄的工资却要承受超过八小时的工作时长。他有心给他们介绍更好的工作，但无奈他们的文化程度与岗位的要求总是不相匹配。带着村民们走了一圈，他感觉只有保安和保洁员适合他们，于是袁鹏飞劝村民们多走走，不要在一棵树上吊死，实在没有，等开年以后县里组织大型的招聘会后，会尽量把他们往外输送。本地的工资太少，也是很多人不愿意在本地工作的原因之一。对于他们而言，丈夫在外务工，妻子在本地务工兼顾家庭，似乎暂时是最理想的家庭模式了。

从招聘会出来，袁鹏飞又开始做回访工作，去之前先给他们家里打个电话看是否在家，在的便去，不在的也要在电话里头问一问情况，家里有老人的，还要叮嘱他们有事打自己的电话求助。通过电话筛选，袁鹏飞先去了一个黑塘村村民的家里。村民已经搬来将近一个月，但袁鹏飞仍旧详细地给她讲解用电的安全问题，诸如出门要关电闸，要小心别让娃娃的手指放到插座孔里，不能让娃娃爬上窗台拧动固定的螺丝。袁鹏飞注意到，村民的家里用了电热桌布，再三嘱咐出门要记得关掉。这些用电的问题，一个关乎安全，还有一个，袁鹏飞是怕浪费电，老百姓们的钱来之不易，他不希望他们在县城里生活，却为水电费伤神。黑塘村和桃子丫口村一样，建在大山里头。平均海拔1 760米，山色秀丽，却也陡峭非常。村里许多七八十度的山坡，要喂一头猪，都得先抓住猪的后腿，猪才不会滚下去。村民站在家门口能喊话邀邻居来自己家里吃饭，这一顿饭却可能要走上三个小时才能吃到。黑塘村的土地，酸、黏、瘦、薄，还间杂风化石与沙土石，农作物既经受不住干旱，也耐不住洪涝，抗灾能力极弱。村民们一般种苞谷，但种一斤苞谷的收成，甚至不如在县城打一天工赚得多。

离开这户，袁鹏飞还去了桃子丫口村监测员张林的家里。当初欣喜万分地离开山村，来到县城的张林仍旧笑得合不拢嘴。由于刚到两天，张林家的水电还不通，他家也还没怎么收拾好，有一间卧室的床还没来得及装上床垫。张林的儿子见袁鹏飞来了，仍旧怯怯的，像只红着脸的小鹿，跑开了。搬离桃子丫口村的那天，张林和妻子锁上木门准备走，大概是觉得到了县城上学不再那么难了，也觉得父母过去过于艰辛，混着对家乡模糊的依恋，他们的儿子在后院悄悄掉了几滴泪。他没有放声大哭，只是掉了泪就用袖子擦掉，也不叫人看见，内敛得很，与现在见了生人想躲的样子如出一辙。袁鹏飞笑着说："欸，你还害羞！"倒也不强迫他过来，只是向张林交代屋里的娃娃上学了，有好多笔，但一定不能让他把笔插到插座孔里。而阳台也建议做个防盗窗，虽然张林的儿子已经过了乱翻栏杆不听劝的年纪，但袁鹏飞还担心的是村民防范意识弱，让家里进了小偷。村里夜不闭户的习惯，用在这里，可能导致严重的财产损失。他告诉张林，晚上睡觉和出门的时候都要记得用钥匙反锁，张林笑着点头表示记下了。袁鹏飞检查完浴室，见也没什么问题，便准备走。张林从家里带来的锅碗瓢盆放在厨房的灶台上，看不出有什么极突兀的地方。他笑着挥手送袁鹏飞到门口，他的儿子还是没有出来，仿佛桃子丫口村的家移植到了这里，怕生的依旧怕生，爱笑的笑得更欢。等床垫装好，袁鹏飞再来几次，或许需要叮嘱的会变少，笑声会变多。

晚上七点半，袁鹏飞召开了沛泽苑社区13—20、22、38、39栋群众大会。他首先向搬迁户们鞠躬道歉，这么晚还把他们召集到这里开会。开会之前，袁鹏飞首先向他们强调的是纪律问题：注意卫生，不要抽烟也不要随意接电话。在会中，他鼓励他们要积极就业，所谓"人穷志不穷"，生活环境的舒适并不应该侵蚀他们的奋斗意志，而应该作为奋斗的良好基础，使自己离幸福生活更近一步。关于已婚妇女就业的问题，袁鹏飞则特别强调了在工厂车间打工的机会能满足他们兼顾家庭的需求。袁鹏飞在台上说了很多，台下的村民们有的迷茫，有的点头，有的似是困倦，撑着下巴，小孩子们睁大眼睛努力想要理解。于是，袁鹏飞中途停下，让他们就自己的问题自主提问。几个搬迁户起来说了，袁鹏飞都立马回应，现场解决。到此，就过了一个钟又一个钟了，村民们的注意力有些涣散，袁鹏飞抓紧时间，又谈了安全、卫生问题，并以"团结"的号召作结。

会结束了，搬迁户们一个个地走出房间，有的抑制不住烟瘾，出门就把烟从口袋掏了出来。父母牵着孩子回去，袁鹏飞则最后一个走。稍作休息，袁鹏飞就要带着他的小喇叭到小区里再喊喊。喊的什么呢？其实无非是一些他已经翻来覆去讲过很多遍的话：

"各位村民，一、要看好自己的小孩，因为他们对这个小区感到很好奇，城市的生活灯火辉煌，要防止他们从窗户上掉下来；二、收拾家里卫生的时候，垃圾不要随地乱扔；三、水电开关、环境不熟悉的，要按指导的顺序使用，有疑问打电话。好，请大家安心地休息！"

小区两旁刚移栽不久的树上串着红灯笼，冬天的风吹来，摇动红色的光斑，居民楼高高低低，有的灯还亮着，有的黑漆漆的。月亮挂在天穹，冷冷的月光映在路上，和灯光混在一起，构成了袁鹏飞的光明夜。通常而言，搬迁户到呢噜坪安置点的第一个晚上，是袁鹏飞和同事们最辛苦的晚上，有太多事情要解决，尽管大同小异，不是电梯、水电开关就是门的问题。但正是在那些微小的、好似不值一提的问题当中，他们才能发现村民内心的变化和情感上的诉求。村民们搬到呢噜坪的日子已经渐渐过去，一天，两天，三天，而袁鹏飞每天还在做几乎相同却又有所不同的工作。这些工作很琐碎，很难一桩桩、一件件地说明，需要耐心，更需要理解，有时让人烦扰，但袁鹏飞和他的同事们还在做。要像做过千百次那样，熟练、可靠；也要像没做过那样，好奇、热心。这是袁鹏飞的工作，也是他的良心。

"平行运动，无限扩大"

袁鹏飞小时候在家里并不听话，如果要把一件事作为他生命的转折点，那就是二十岁参军。两年的义务兵生活，使袁鹏飞在部队里学到"听党指挥""令行禁止"的重要精神，这大大影响了他日后的工作。袁鹏飞直到现在，还保持着军队里的习惯，每天出门和回家都还要"三省吾身"：我今天要做什么？我为什么要做？我做了吗？从2003年退伍参加工作到现在，袁鹏飞在执行命令方面，从来不打折扣。除了他的父母给了他生命以外，在部队里学到的东西被他奉为人生中最受益的一项。而这学到的东西，在以前，具体为听党指挥，在现在，则化为一股忠诚的力量。说忠诚，或许显得抽象，但袁鹏飞却在生活中无处不践行，非要细化，袁鹏飞说："就是对得起自己。"

桃子丫口村搬迁户来呢噜坪安置点的时候，袁鹏飞已经在以古镇做了十六年的扶贫办主任。2004年8月，袁鹏飞乘着镇雄通往以古的唯一一辆中巴车，在路上颠簸了十二个小时才到达目的地。年轻的他对以古的贫穷和落后感到震惊，一度被吓退了，不想干了。他的父母听说后，说他要是不干，就回家种地，袁鹏飞对此左右为难。但通过与以古百姓短暂的接触，袁鹏飞渐渐感受到他们的淳朴，也深感需要有人带领他们脱离贫困。于是，袁鹏飞就此留了下来。

在以古，袁鹏飞的办公室设在镇里，但他就爱下到村里跟老百姓拉家常，以此了解他们的真正需求。他感受到，以古不仅是交通等硬件设施的穷，更重要的是教育、思维上的穷，这穷根深蒂固，更难挣脱。易地搬迁政策一来，袁鹏飞喜出望外。他挨家挨户走访，鼓励符合条件的老百姓一定要抓住机会。他在这个岗位上，立下了要对得起搬迁户的决心，坚决要对以古的老百姓负责。他已经四十岁，正处在人生的重要发展期，精力充沛，对于普通人而言，正是奋力求得加官晋爵机会的年纪。但对于袁鹏飞而言，这些并非他的追求，他没有什么挣钱、升职的欲望，而将每天与老百姓交流，了解他们的思维动态，帮助他们解决问题作为快乐的来源。

"感觉自己还能做点事。"他说。

事实上，在呢噜坪，这种成就感大多源自一次次的回访与处理搬迁户的问题。这天，袁鹏飞刚接完领导的电话来到服务大厅，就有来自黑塘村的搬迁户上门求助，说是门打不开了。她把钥匙拿给袁鹏飞看，袁鹏飞指着其中一把粉红色的问："是这把打不开还是都打不开？""都打不开。"袁鹏飞听了，立马跟着她到家里看是什么状况。这位村民已经搬来二十多天了，前天回村，昨晚来了就打不开门了，还是在亲戚家住了一晚。袁鹏飞听了，也百思不得其解，只好加紧赶路。路上，袁鹏飞远远地看到前头有个孩子自己扛着一袋大米，便跑着上去帮他扛了。小孩本来要拒绝，说自己能扛得动，但袁鹏飞没有犹豫，从他肩上接了过来。直扛到电梯门口，袁鹏飞才放下，照例嘱咐孩子好好读书后，便匆匆去与需要开门的村民会合。到了家门口，袁鹏飞用村民给他的钥匙一扭，门就开了。两人对此状况都感到有点奇异和好笑，袁鹏飞为了搞清楚，又问了一遍："你用哪个钥匙开的？是不是扭反了？""那可能是我扭反了吧。"袁鹏飞打开门，进屋去各个房门试了一遍，最终确定粉红色的那把不能用了，蓝色钥匙中那把带圈的才是开锁的。

——又是一次"乌龙"。

袁鹏飞对这状况显得并不陌生，也很平和。他知道，很多村民从村里搬到这里，其实心里多少有点害怕。有的人在农村生活了几十年，根本没有进过城，可能只是去定点扔个垃圾就会迷路，于是，袁鹏飞没事就带着他们在小区里熟悉环境，也带他们在周边熟悉熟悉。一部分老人心里也有担忧，害怕自己死后就要在熊熊大火中化成一盒骨灰，不能入土为安。他们门口的菜园子到这里变成了绿化带，想吃菜只能去菜市场购买，不劳动不习惯，介绍的工作又不适应，生活花销成本的增加却不可避免。从桃子丫口村搬来的彝族老奶奶也是难以割舍劳动的一员，搬来虽然只有几天，但她水电、电梯都会用了。她把袁鹏飞带到家里，给他展示自己乘坐电梯的技能，她有自己的分辨方法："按了别的楼层就开不开门了。"袁鹏飞一听，就笑了，对得很。到了家门口，她掏出钥匙向左转了两圈，转到第三圈门就开了，袁鹏飞很兴奋，说："出门懂得反锁。"厨房收拾好了，电磁炉也会用了，只有抽烟机她还不大会。袁鹏飞给她示范了两遍，她还似懂非懂，但也不气馁，说："慢慢学嘛。"——颇有飒爽的意味。袁鹏飞准备走，老人却想留他吃饭。过去，在桃子丫口村，她也热情邀请过修路的工人来她家吃饭，但工人们脸皮薄，只去吃过一次就再没去过了，她对此一直感到遗憾。袁鹏飞边说"不吃了、不吃了"边退出去，老人也只好作罢，不再强留。

这就是袁鹏飞一直说的，老百姓善良、淳朴的一面。在老百姓之中，当然有对政策一知半解，喜欢断章取义的，他们喜欢听别人的传言，一传十，十传百，传的话变了质，就会提出一些莫名其妙的诉求。但袁鹏飞很乐观，他偶尔也感到疲倦，但他始终"要对得起自己的职责"。

袁鹏飞有两个孩子，一个十一岁，一个两岁，由于工作太忙，他常常只能把孩子寄放在亲戚家，请他们帮忙照看。很多个晚上妻子打来电话，问他什么时候才能下班，女儿已经下了晚自习，儿子已经睡下。他只能说："还要一下。"

多年的扶贫工作经验告诉袁鹏飞，易地搬迁解决的只是村民一部分的问题，而最主要的还是人思维的问题。这个问题固然难解，但袁鹏飞却愿意与他的村民们以心交心。搬迁户中有一个男青年，已经四十多岁了还是独身一人，家里就他一个，被很多村民视为异类。他不识字，袁鹏飞为了帮他找工作费了不少力，但都不合适。交心之后，他确定袁鹏飞没有嘲笑他的心思，才说他是连钱都数不清，宁愿要找一些结现钱的工作，哪怕钱少一点，也没关系。

"只有跟老百姓打成一片，才能发现他们的真实需求，否则他们只会给你提出一些尖酸刻薄、让你难堪的要求。"这是袁鹏飞从一次次掏心掏肺的经历中总结出来的经验。

他是在做实事中获得快乐的那类人。人到中年，袁鹏飞并不愿多想自己的人生是否已经到了天花板这类问题，也不铆着劲儿地向上冲，他感觉，自己的人生估计就是这样了——不是一句丧气话，而是"平行运动，无限扩大"的意思。从以古镇搬到呢噜坪安置点的搬迁户共有246户，1 095人，这1 095个人，个个有自己的问题，纷繁复杂，千头万绪。受朋友的感染，袁鹏飞很能消化工作中的烦恼。2008年大地震，朋友在昆明出差，回到绵阳老家时，家里的亲人都不幸遇难。袁鹏飞得知朋友的遭遇，原想安慰他，不料朋友却反过来和他说："没事！能吃就吃，能喝就喝，能睡就睡！"这句话一直刻在袁鹏飞的心底，搬迁户的问题再多，袁鹏飞都没想过糊弄他们，所有的政策都公开透明。"糊弄，用老百姓的话来说，是'天不容你'啊。"他说。十多年的扶贫工作中，袁鹏飞从来公平公正，不因为谁是自己的亲戚就优待他，也不因为不认识就忽悠、糊弄人家，兢兢业业，不敢"混"哪怕一下。因为扶贫这件事，若是糊弄，便会有惨痛的代价。扶贫过程中，袁鹏飞作为一个人，当然也会有情绪，但老百姓把他当亲人，他也把他们当亲人。

走在小区里，袁鹏飞遇到一个独自在路边等待父母接三姥爷过来的孩子，首先就问他记不记得自己家在哪一栋；遇到阿姨带着孙子，就要去提醒他们走路边，走的时候一定要牵好孩子，顺便又捡起不知道谁扔在地上的香蕉皮，拿到垃圾桶扔了。

除了温柔教导，袁鹏飞也有严厉的一面。他给保安、巡逻员们安排工作，主要是关于车的问题，比如消防通道禁止停放车辆，小区内车辆要限速；草坪也是禁止踩踏和乱扔垃圾的。保安反映，他就遇到过一个二十岁左右的年轻人违反规则，劝也劝不听，他只好跟他说下次再看到，就要罚他个五十元。保安大叔说这些话，心里还不太有底，袁鹏飞听了，却很快点头肯定他的做法，他这才笑得更开，继续说一些其他问题。

2020年11月14日，云南省政府宣布，镇雄县、会泽县等9个贫困县（市）退出贫困县序列。至此，云南88个贫困县全部退出贫困县序列，贫困群众告别绝对贫困。这也昭示着，这个贫困县数量曾居全国第一的省份，历史性地告别了延续千年的绝对贫困。（来源：新华社）在2020年全国易地扶贫搬迁论坛上，云南昭通市委书记杨亚林在演讲中说："'十三五'期间，昭通累计搬迁8.26万户，35.47万人，全国搬迁规模前5位的安置区昭通就占了3个。"（来源：《昭通日报》）对于袁鹏飞而言，他负责的固然只是镇雄县的一个呢噜坪安置点，肩上却有绝对无法轻视的责任。易地搬迁的扶贫工作，在袁鹏飞看来，是解决老百姓生存问题的根本途径。在山村里的他们，尽管家里有人外出务工，但过的仍旧是刀耕火种的生活，有的老人活到七十岁，却从未踏出以古。

2020年年底，呢噜坪大桥已经通车，从安置点穿过大桥，步行约十五分钟，就能直达镇雄县城最繁华的南大街中段，搬迁户们的生活便利性大大提高。一场又一场的招聘会，使他们有了一边留在家人身边一边走向致富的机会。原来村里的土地进行了流转，再加上每年县城里分得的每人八百到一千的门面分红，他们的收入有了明显的增长。袁鹏飞向租了门面的商户提出要求：需要保洁员或服务员时优先从搬迁户中选取。若留守的他们能取得这份工作，一年可以有两万多元的收入。

村民们搬到呢噜坪已经满一年，袁鹏飞说："他们已经有城市人的风范了。"他不用再为村民们乱扔垃圾、水电等小事而操心，他们已经很自觉，也掌握了城市的生活技能，而他开始为门面分红的事奔忙。搬迁户中，有许多人外出务工，因而办的是外地银行卡，而门面分红入账，要求用农村信用社的卡。于是，袁鹏飞和同事只好一个个通知，让他们把身份证从外地寄回来，集体办了卡，再把分红打进去。另外，袁鹏飞还要对搬迁户们的房子进行不动产登记，忙得像个陀螺。袁鹏飞的工作看似变了，但其实没变，还是那两个字——服务。作为从乡镇中被派遣到联合服务工作站的一员，袁鹏飞并不在乎自己被唤作"袁主任"还是其他的什么，他只知道，自己的工作就在那些老百姓之中。下一步，袁鹏飞的目标仍旧与初到以古时一样，是"给老百姓找钱"。

在村民们还对呢噜坪很陌生的时候，袁鹏飞遇到过一个滑滑板车的小男孩，身后跟着他的妹妹。袁鹏飞一看他在路中间滑，就忍不住要他注意安全，小男孩嘴里说着"好"，却仍旧不管不顾地往前滑去。袁鹏飞心一焦，就喊他："让你到前面滑，怎么还滑？"来不及拦住他，他的妹妹又踩着草坪过来，他一看，又讲起不知讲了多少遍的问题：又是小草跟人一样会疼，又是卫生问题。小女孩不认识他，只是咬着手指，盯着他看了一会儿，问："你是警察吗？"袁鹏飞起先没听见，后来才反应过来，笑着说："我不是。"小女孩还想说些什么，又害羞地跑开去找她的哥哥了，一根长辫子打在粉色格子衣上，显得格外有生气。

关于袁鹏飞是什么，或许不好定义，但毋庸置疑的是，在袁鹏飞无限扩大的人生中，这些生机蓬勃的片段占了很大的一部分；而现在，这些曾经将自己的生机从大山嫁接到县城的人们，他们的人生，终于也扩大起来。

注：除袁鹏飞外，其余人物名字均为化名。

在许多人的印象中，中国的扶贫工作似乎是近几年才开始的，但事实上，自中华人民共和国成立以来，党带领人民持续向贫困宣战。从1949年至今，中国的扶贫工作一直在稳步向前推进，并摸索出了一条适合中国国情的中国特色社会主义扶贫道路，大致划分为七个阶段：1949—1955年农民土地所有制改革背景下的全区域贫困治理阶段；1956—1977年人民公社时期的"平均主义"扶贫阶段；1978—1985年农村土地制度向家庭联产承包责任制变革过渡下的扶贫阶段；1986—1993年扶贫体制改革和贫困县开发式扶贫的探索阶段；1994—2000年综合性目标任务下的区域瞄准性扶贫开发阶段；2001—2010年整村推进和参与式扶贫机制的创新阶段；2011年以后开发式扶贫与保障式扶贫结合的精准扶贫阶段。

党的十八大以来，全党和全国各族人民一直为全面建成小康社会的目标而奋斗，脱贫攻坚作为实现中华民族第一个百年奋斗目标的底线任务，被纳入了"五位一体"总体布局和"四个全面"的战略布局之中。在扶贫工作中，围绕不同的问题，党中央提出了不同的应对策略。其中，精准扶贫这一基本方略的提出可谓是关键一笔。精准扶贫思想由习近平总书记在2013年的湖南十八洞村考察中第一次提出；2015年，《中共中央国务院关于打赢脱贫攻坚战的决定》和《"十三五"脱贫攻坚规划》等文件出台，促使精准扶贫方略逐渐完善和成熟。

经过8年的艰苦奋斗，2020年11月23日，贵州省宣布所有贫困县摘帽出列，标志着脱贫攻坚收官之战聚焦的"三区三州"等深度贫困地区，全部实现脱贫摘帽。2021年2月25日，习近平总书记在人民大会堂庄严宣告：经过全党全国各族人民共同努力，在迎来中国共产党成立一百周年的重要时刻，我国脱贫攻坚战取得了全面胜利，现行标准下9 899万农村贫困人口全部脱贫，832个贫困县全部摘帽，12.8万个贫困村全部出列，区域性整体贫困得到解决，完成了消除绝对贫困的艰巨任务。为巩固和深化脱贫攻坚工作，乡村振兴战略也在实施中不断完善。脱贫攻坚战的全面胜利，不仅对于中国有深远的意义，而且为国际的减贫事业贡献了中国智慧和力量，为构建命运共同体提供了极大的助力。

参考文献

[1]昭通市人民政府信息与政务公开办公室.我们辛苦并快乐着：以古镇老官房村驻村扶贫工作队纪实.搜狐网，2019-08-03.

2.李银，李怀岩，林碧锋.冲出乌蒙闯胜途——云南镇雄县的脱贫突围.新华网，2020-11-29.

3.镇雄县人民政府办公室.镇雄简介.镇雄人民政府.

4.陈冬冬，齐卫平.新时代脱贫攻坚及其重大意义.理论建设:1-6[2021-05-03].

5.张喆一.评《中国减贫政策与实践:热点评论与思考》.统计与决策,2021(08).

6.孙久文,李方方,张静.巩固拓展脱贫攻坚成果加快落后地区乡村振兴.西北师大学报(社会科学版),2021(03).

征服
"垃圾山"的
哈佛毕业生

上 海

圆形的教室中，两百多个学生呈环状分布，安静地坐在自己的座位上；休·奥多尔蒂教授（Hugh O'Doherty）身着白色衬衫，笔直地站在正中间的讲台前，面无表情地望着大家，一言不发。

时钟在嘀嗒地转动着，整个教室鸦雀无声。

眼下这是怎么一回事？

在哈佛大学这堂实践领导力的"神课"开课前，教授已经布置了相关阅读材料，来到课上，教授却不吐一字。

坐在第一排的周春不敢直视教授，只得双眼直直地盯着教授胸前的白色纽扣。这种漫长的沉默锻造出令人窒息的压力，周春感到如坐针毡，无所适从。

终于，经历了长达二十多分钟大眼瞪小眼的沉默后，有人主动说了点什么。

渐渐地，教室内加入讨论的人越来越多，同学们自发形成小团体，对彼此之间不同的观点互相抨击，课堂热闹了起来。

后来，周春才明白，这种课堂氛围就是为了模拟真实的世界。最开始，世界上没有绝对的权威，慢慢会形成不同的国家、不同的政治，国与国之间会有冲突。随着交流的深入，同学们甚至会在课堂上批判教授的观点，这时候，教授就会精心设置一些环节，提供一些不同的方式和方法，让大家学会遇到各种情况时应该怎么应对。

周春没想到的是，数年以后她会回到中国上海，运用从哈佛学到的领导力知识，与充满中国特色的社区街道办事处的工作人员一起，带领一群平均年龄五十岁以上的阿姨爷叔志愿者，开展一场轰轰烈烈的垃圾分类运动。

垃圾分类在上海

早在1957年7月12日，《北京日报》头版头条就刊登了《垃圾要分类收集》一文，"垃圾分类"的概念在中国正式问世。然而，那个时候居民参与垃圾分类的核心理念不是环保，而是出于节约意识，将生活垃圾分类后送到废品站卖钱。

直到20世纪90年代，中国才从真正意义上开始提倡垃圾分类收集处理。1993年，北京率先制定《北京市城市市容环境卫生条例》，提出"城市生活废弃物逐步实行分类收集"；2000年，北京、上海、广州、深圳、杭州、南京、厦门、桂林等8个城市被列为全国首批生活垃圾分类试点城市，可回收与不可回收的两分类垃圾桶也逐步取代了过去的单桶式垃圾桶。

正式实践垃圾分类的脚步则从2003年迈开，那年10月，中国出台了《城市生活垃圾分类标志》。根据国家制定的统一标志，生活垃圾被重新划分为三类——可回收物、有害垃圾和其他垃圾。相应的分类垃圾桶迅速进入各个社区，但配套的运输设备与基础设施却并不完善，居民的环保分类意识还很薄弱。

与此对照，2004年，中国已经超越美国成为世界第一垃圾制造大国。2010年，北京"七环"以外四百多个大大小小的垃圾场将北京圈为一座"围城"，土地、水资源的污染情况触目惊心。被垃圾围绕的城市居民常年饮用被污染的水源，逐渐演变出不少"癌症村"。2017年前后，全国生活垃圾年产量达4亿吨左右，并以每年8%的速度递增。

直到2019年7月1日，被称为"史上最严垃圾分类措施"的《上海市生活垃圾管理条例》正式实施，中国才进入了垃圾分类的"强制时代"。

如今，"垃圾分类"这个概念再也不是满大街多摆放几个不同标示的垃圾桶那么简单，除了上海，全国其他45个先行先试的重点城市也基本建成生活垃圾分类处理系统，其他地级城市实现公共机构生活垃圾分类全覆盖。

一场全方位的垃圾分类运动号角已吹响，过去沦为形式的垃圾桶革命正极速转变为全社会垃圾分类观念的革命。

周春接手上海垃圾分类的工作，比上海推出强制性措施要早一年。她是在无意中踏入了这个"风口"。

2016年，她刚从哈佛毕业后回国做环保，最开始选择的是有机农业。做了两年后发现，国内目前只有富人消费得起有机食品，整个国家其实还处在保障食品安全的初级阶段。在长宁区推销贵州的农产品时，一位小区主任跟她开玩笑似的提道："有机蔬菜我不要，我这里有一笔资金，要不你来帮我做垃圾分类吧？"

周春想，那就试着做吧，做得好还能顺便卖卖菜呢。

一句无心的问话，像蝴蝶扇动了一下翅膀，周春的人生轨迹奇妙地在某个片刻发生了偏移。

2018年9月，周春走进了一个建于20世纪50年代的老小区，正式开始了垃圾分类的工作。

那时，垃圾分类是什么，小区里没几个人知道，高空抛物和随地大小便等不文明的现象时有发生。刚进小区，居委会的干部就不可置信地问周春："垃圾分类，你是认真的吗？"

在从无到有的过程中，困难是琐碎而具体的，最大的麻烦是转变居民的意识。面对生活中平添定时定点进行垃圾分类投放的"麻烦"，不少居民甚至会对周春和志愿者们冷言冷语："你们没事情干了，天天就守着这几个垃圾桶？"

记得那段时间，周春点开朋友圈，也有不少人在冷眼看热闹："看这'史上最严垃圾分类措施'能执行到几时！"

　　"都知道这样做（垃圾分类）是好的，但要改变半辈子的习惯，没那么容易。需要有人带头。"看着居民们麻木冷漠的脸庞，周春意识到，与其跟大家说宏大的道理，不如将心比心、亲自上阵，"我们是志愿者的榜样，然后志愿者才会成为居民的榜样"。哈佛学到的"领导力"派上用场了。他们一遍遍亲自上手拆分垃圾，一句句耐心地教授话术："今天我帮你拆了，帮你分了，明天你来自己分好不好？"他们沟通的时候不再赘述环保的意义，转而用接地气的理由劝说居民——垃圾桶撤掉以后，小区就干净了、不臭了、没有蟑螂了，环境变好了，心情也会变好，甚至房价还会上涨……

　　渐渐地，志愿者们也和周春一样学会了言传身教。他们中有许多六七十岁的老人，爬着五六层的楼梯，挨家挨户上门宣讲，甚至发着烧也要坚持执勤站岗。上海的11月到次年1月是最冷的时候，那一年冬天的雨水偏偏特别多。连绵不断的冬雨却没有让这些退休阿姨和大叔们退缩。

　　让奇迹发生的，都是普通人。一位身患癌症的阿姨告诉周春，在癌

症最严重的时候，居委会干部帮助过她，现在既然居委会需要，她病情好转了，就来做志愿者支持小区；一位刚执勤完的阿姨告诉周春自己正发着烧，周春很担心，问她为什么还要坚持，阿姨朴实地回答："那是我的班，如果我不值班的话，这个班就空了。"还有一位之前对小区任何改变都持反对态度的阿姨，在经过一次电视台对垃圾分类的采访后，找到了对社区贡献力量的空间，成了最积极参与执勤、指导居民的志愿者之一……58个志愿者，都是普通的小区居民，但他们坚持站好每一班岗，让周春在推进工作的过程中遇到再大的困难都有了勇气。

最终，在大家的共同努力下，志愿者值勤一个月后，这个1 367户的小区，执勤时间段70%的居民都拎着干湿两个垃圾袋来倒垃圾。小区每天送去填埋焚烧的垃圾由45桶降到了28桶。这次成功的经验，让周春有了继续干下去的信心和决心。

在周春看来，垃圾分类是现阶段的刚需："由于饮食结构的关系，美国的厨余垃圾占生活垃圾的比重少于20%，用厨余粉碎机直接打一打，下水道冲走就可以了。但在国内，湿垃圾的比例高达60%，填埋越来越没地方，焚烧产生的燃烧率、废气排放问题又很严重，所以我是特别支持从居民源头做起，自己把湿垃圾分出来的。上海每天有20 000吨生活垃圾，如果真能减到每天2 000吨，我们就再也不用建新的填埋焚烧厂了。"

《上海市生活垃圾管理条例》正式施行后，早迈开半步的周春突然间成了媒体时代的"网红"——带着哈佛大学的光环，努力投身于垃圾分类这种看起来非常低级的职业，许多人对她身上的反差产生好奇。对周春和她的团队而言，有了制度和媒体的加持，他们走得更有劲了。

美国包装协会曾到周春服务过的小区走访，当他们看到小区内的24小时垃圾厢房前没有人监管，居民自主拆袋分类的场景，纷纷震惊这是如何做到的。周春坦言："这是制度优势。"在美国，社区环保主要依靠非政府组织（NGO）发起抗议与游行，但在中国，政府的号召力和强有力的基层治理，使得社会的各方面都会集中向风口发力，"现在连申请ISO 认证都需要评估垃圾分类了"。周春不无感慨："以前以为三十年才能完成的事情，可能十年之内就能实现了。"

第三种生活

　　2015年，当周春站在美国波士顿的码头上，望着水面泛起的粼粼波光时，她产生了一种魔幻的联想。现在，她可以看到查尔斯河上哈佛帆船校队与划艇校队的同学们正在训练，不远处白色的水母在碧蓝的海里自由地漂荡；可四十年前，同一片水域十分狼藉，几英里外都可以闻到查尔斯河上飘来的阵阵臭味。如果不是沿海的老建筑保留了当年靠海的那一面全部没有窗的构造，她很难想象当地环保组织和部门的不懈努力，竟能带来如此成效。

　　周春想到了自己的故乡。

　　周春的家乡在上海浦东的郊区，距离亚洲最大的垃圾掩埋场——上海老港填埋场非常近。老港的固废基地作为上海垃圾处理系统中末端处置的三要基地，肩负着上海市70%的生活垃圾的处置任务。

　　在周春的童年记忆中，一大车一大车的垃圾往家附近开过时，为了节省倾倒垃圾的费用，运垃圾的司机总会在路边偷倒垃圾。周春老家旁边的滩涂和斜坡，都被其他地方运过来偷倒的生活垃圾给填平了。

　　小时候，因为没有地方玩耍，周春常和她的小伙伴在"垃圾山"上拾荒捡玩具。她至今还记得，自己曾在垃圾堆里捡到一朵鲜亮的桃红色头花，这朵头花就像她探险得来的宝贝一样，令年幼的她爱不释手。

直到有一天，小伙伴们误点着了"垃圾山"，熊熊大火整整燃烧了三天，浓浓的黑烟和刺鼻的臭味成为周春记忆中萦绕不去的噩梦，她这才明白村口的"垃圾山"竟是这样一座炼狱。

在这样的环境中长大，周春一度觉得自己只想逃离祖国。

周春毕业于中国最好的大学之一——复旦大学。毕业后，周春对自己的人生没有太多规划，随波逐流考上了公务员。朝九晚五、没有目标的机械日常很快让周春陷入了迷茫，她不知道自己要什么，更不知道人生的意义是什么。

在外人眼中，肩负高学历与铁饭碗的工作，周春的人生俨然是一个标准的模板。只有她自己知道，这份工作不适合自己。大二的时候她加入了复旦登山协会，从此爱上了旅行，成为资深"驴友"。她这一代人中，有很多人怀有"在路上"的文艺之梦。迷茫中，周春把打卡全中国当作自己的目标，并立下宏誓：不走完中国就不出国。对二十岁出头的周春而言，"工作只是两次闪耀的冒险之间无奈的平庸时刻"。既然她无法从这样按部就班的生活中找到存在的意义，就只能诉诸大学期间培养的旅行爱好，通过"在路上"的状态，麻痹自己内心的信仰缺失。

工作第五年，周春终于完成了自己的环游中国之旅。她应邀出国，来到塔斯马尼亚徒步，意外地被大胆而嚣张的负鼠以威胁的态度轻轻咬了一口，这个小家伙以自己的方式宣示着自己领土的主权，周春第一次意识到中国动物保护与成熟的欧美国家之间的差距。只有从没有受过人类的伤害、自出生起即饱受庇佑的动物，才会有如此理所当然的自信，自信在这块土地上，它才是主人。

她知道，从"所有的野生动物都是我的敌人和食物"的屠戮式，到"都是我的观赏物"的笼养动物园式，到"给它们一点生活空间"的散养野生动物园式，再到"让它们做自己土地上的主人"的国家公园式，国内的环保道路任重道远。

回国后，周春突然有了勇气裸辞。她决定给自己一个间隔年，一口气订了半年的机票，试着"在路上"寻找自己的人生方向。这期间，她顺便在网上申请了在青藏高原建设保护站当志愿者，从此与"绿色江河"环保组织结下不解之缘。

志愿者的生活简单而纯粹，每天早上六点半到晚上十一点，周春都会用一个小小的牛粪炉子为志愿者组织的二十几个人做饭。在一个沸点只有八十摄氏度的地方，连烧顿不夹生的饭都算得上是一个伟大的成就。不到半个月，周春的手上布满了裂口，尽管她疼得龇牙咧嘴，却笑得满足灿烂。因为她看到来自天南海北的人们因为同一件崇高而快乐的事聚集在一起：试图以自己的绵薄之力拯救他们所热爱的山川大海。

此前，周春一直把人生用简单的二元论划分为"庸俗的谋求生存"与"拉风的在路上"，可她现在犹疑了：一次次重复的意义究竟何在？支撑她一次又一次出发的"在路上"的充实感消失无踪，她意识到此前的奔波都只是为了排解自己那微不足道的苦恼；她第一次认识到原来还有第三种生活，一种为了自己的信仰一直努力的艰苦生活。

2012年，周春成为"绿色江河"的全职工作者，主要负责"让我飞得更高——斑头雁守护行动"项目。在斑头雁孵化期间，她与大家一起把帐篷扎在班德湖边，守护着斑头雁产蛋、孵蛋。除了观鸟、拍照，他们还在当地建了一个野生动物巡护队，打击野生动物盗猎，并带动许多藏民加入行动，共同制止盗捡斑头雁蛋的行为。

在旷野里扫荡牛粪，在雪原中凿冰取水，在寒风中吃简陋的饭菜……高原的日子一点也不轻松，周春却乐在其中，她始终记得一位志愿者说过的话："我并不觉得做公益有什么高尚的，我只是喜欢这件事，而恰好它能帮助到别人。"

周春知道，她终于找到了一直在寻找的东西。这种区别于宗教和物质的纯粹的信仰，就是为了热爱的事情无条件付出。对于环保事业的倾心，让她倾尽自己微薄的力量守护这片土地。两年的守护行动结束后，班德湖斑头雁的种群数量已翻了一番，从一千多到了两千余。

小斑头雁的破壳而出，就是对周春最大的肯定。

为了支持和成全丈夫多年的梦想，周春不得不放弃好不容易寻找到的一切，陪丈夫前往美国读书。可当2013年她真的跟随丈夫来到美国陪读，安心做全职太太时，反而陷入了更深的迷茫。在一个完全陌生的国度，抛开所有身份标签，周春觉得作为独立个体的自己好像消失了：语言不通、没有学历光环、没有工作，她的唯一身份就是丈夫的太太。

丈夫出门的时候，周春一个人待在出租屋里，坐在窗口往外看，觉得整个城市空空荡荡，什么人都没有，没有朋友、没有亲人，甚至没有自己。在这个一声喊去回音全无的城市里，无边的孤独几乎将她淹没，只有青藏高原的景象一幕幕地浮现在周春的脑海里。

在异国他乡的迷茫不适，让周春不断地回想起在青藏高原做环保工作的日子，周春觉得，自己可以想想怎么帮"绿色江河"这样的公益组织做得更好。"政策、资金、人才的匮乏让国内公益组织举步维艰，再加上这个领域总共也就二十多年历史，经验及专业化程度都远远不够，而美国在这方面是世界一流的。我应该学习，而最好的学习方法，是去工作。"

鼓起勇气，周春开始给波士顿周边与环保相关的公益组织投简历。一开始是投经理职位，石沉大海，然后投办事员，杳无音讯。最后，周春决定投不给钱的实习生。终于，波士顿码头协会给她抛来了橄榄枝，周春成了"波士顿海岸之夏"项目的暑期实习生。在大学毕业六年之后，周春重新从没有报酬的实习生做起，针对海平面上升的危机，邀请全世界的设计师团队重新设计、改建存在被淹风险的建筑。不久之后，周春通过自己的努力，成为环保组织的正式员工。

波士顿码头协会是个规模非常小的非营利组织，连周春在内只有五个全职工作人员。协会的执行主管朱莉是一个充满善意的人，工作了一段时间后，周春想在实践的基础上更系统地学习，朱莉告诉周春："你可以申请哈佛,就申请我读的那个项目。"在朱莉的全力协助下,周春成功申请了哈佛大学肯尼迪学院的公共政策管理专业硕士,并获得了全额奖学金。

在哈佛的求学时光,是周春最艰难的岁月,当她接收到录取通知书的时候已经怀有五个月身孕,孕反非常严重。当周春挺着一个"大冬瓜"出现在开学典礼上做例行的十五秒介绍时,肯尼迪大厅爆发出热烈的掌声和欢呼——"我叫周春,以前在青藏高原保护野生动物。哦,对了,"周春摸着肚子,笑得一脸幸福,"这是个男孩。"

美国的专业型硕士学位相当贴合职业技能,学习的都是从事此项工作最需要的实用技能。周春针对自己的创业需求,选择了实践领导力、企业财务报表、社会企业创业、协商谈判和演讲等课程,这些都在将来的工作中带给周春非常大的帮助。然而给周春最大启发的,还是从哈佛的细节中习得的善意。

协商课的教授凯斯莉·洪是个韩裔美国女教授,她有个硬性规定:所有学生一学期起码得去一次她的办公室,否则扣分。周春只好硬着头皮谈起一直困扰她的问题——上课怎么才能参与发言。对于英语不够好的周春而言,课堂讨论时需要集中所有的精力,勉强听明白,刚想插一句,发现话题又转移了。偏偏有些课的课堂讨论要占到总成绩的40%,如果一言不发,后面花再多的时间写论文和准备考试都无济于事,对此,周春异常焦虑。

凯斯莉认真地提了很多建议,她的关切让周春万分感动。除了建议周春在课前阅读时做好笔记,把自己的观点写在上面,上课直接说,或者提前想好几个问题,一有机会就提,她还告诉周春一些发言技巧:"如果话题转移了,你就说我想接着之前的话题再说两句。"如果实在不行,凯斯莉又说,"我可以做一个问题丢给你,你按照事先想好的答案回答就好了"。

事实上,周春只是她班上55个学生中最普通的一个。后来周春才知道，班里还有盲人和抑郁症患者，如果不是亲耳从他们口里听到，周春无法想象原来从座位的安排到讲课的方式全都经过精心的设计和安排。坐在前排的可能是周春这样英语不好的，也可能是有学习障碍的，而凯斯莉每次放出一张 PPT 时看似不经意的解说，其实是在特意说给盲人听。她以一种最不显眼的方式无微不至地照顾着所有学生，保证每一个人都能像得到充分的阳光雨露的植物一样，在她的课堂上焕发勃勃生机。那个学期，依旧在语言障碍上苦苦挣扎的周春在她的课上拿了 A−，而盲人同学成了协商实战中公认最难对付的对手之一。

　　令周春印象最深的一次讲座是一个美国海军陆战队的退役队员格瑞特斯讲适应力，他创立了一家叫"使命继续"的帮助老兵的组织。一般慈善组织的做法是救济，给老兵钱，给他们各种免费资源，而这家组织反其道而行之，他们要求老兵们出来当志愿者，帮助其他人。接受救济的老兵一天比一天颓靡，而当志愿者的老兵则重新焕发出了活力。当解释原因时，他说，这些人当初去当兵时，是抱着保家卫国的信念去的，国家是以欢送英雄的姿态欢送他们的，但当他们受了伤，从战场上撤回，突然之间，不再有人需要他们，他们几乎是一夕之间从英雄变成了没有用的、需要接受救济的人。很多人受不了这个心理落差，纷纷自杀。

　　无论是朱莉和凯斯莉的帮助，还是格瑞特斯的讲座，都让周春意识到真正的善意是让人察觉不到自己是在接受帮助，是重新建立别人的自尊心而非摧毁他们，是让他们治愈伤口、重新站起来，并且有能力再去帮助其他人。每个人都希望自己所处的世界变得更好，每个人也应该有途径参与到实现这个梦想的过程中来，而不是仅仅被给一笔钱，圈养起来。

　　这样的启发也让周春在日后处理垃圾分类的时候更加关注"助人自助"式的可持续发展，对于周春而言，创立"圾不可失"公益组织的愿景，是打通人类社会及其废弃物的循环链条，使之像自然界一样生机勃勃、永续发展。垃圾分类不能只是为了应付上级检查而存在的小风口，离开了外界团队最初的介入和监督，周春希望小区的垃圾分类依旧可以自发地运转起来。这是整个垃圾分类回收大体系中的前端环节，这个环节变数虽大，却异常重要。

长安镇的实验

2019年12月，周春在浙江省海宁市长安镇某小区执勤时发现，刚完成撤桶和保洁工作的某栋楼下，就地堆放着许多生活垃圾。

花花绿绿的垃圾袋仿佛在咧着嘴嘲笑周春和志愿者们。望着成堆的垃圾袋，周春明白，这是小区居民对他们建立垃圾厢房的无声抗议。

"这是怎么回事？"

"听说有户人家联合了整栋楼的居民，一起拒扔垃圾。"

"什么原因导致他们这么不配合？"

"海宁这边从来没有建过垃圾厢房，他们以为这是把垃圾中转站建在小区里了。而且他们觉得这个厢房的位置不对，放在小区出入口，风水不好的。"

周春无奈地笑了。整个小区只有一个厢房，放在小区临近出入口的位置，是为了方便日后整个小区居民丢垃圾。居民不配合的情况，周春见过不少，但每次都会有令她出乎意料的理由。

将心比心，周春特别理解居民的对抗心理。一方面垃圾桶"撤桶并点"，对于之前每栋单元楼下都设有垃圾桶的居民来说特别不方便；另一方面，这几年应付检查的政府工程太多了，居民对陌生的团队进驻带有天然的不信任，说是垃圾分类，谁知道风口过去以后还会不会继续执行？有时候，居民自己分好了垃圾，收运工作跟不上，保洁又把垃圾混在了一起……垃圾分类有一套琐碎而具体的流程，任何一个环节的脱轨都会让整件事情变成一件假大空的不靠谱行为。这是影响日常生活的事情，居民当然不能随意答应。

但这个小区最困难的地方，不仅仅在于部分居民的不理解。周春躬身捡起垃圾，叹了口气，没再说什么。她默默地戴上手套，拿起钳子，主动把这些垃圾拎到垃圾厢房前分拣。身边的志愿者们见状，也加入到人工清运垃圾的队伍中。

"志愿者招募得怎么样了？"周春边走边问。

已经驻守在这个小区一个多月的姑娘哭丧着脸："还是没人。"

这是周春的垃圾分类项目第一次走出上海的尝试，她正试图构建长安镇的全套垃圾分类体系。在周春的规划里，只有将长安镇的项目做出来，才算真正完成了垃圾分类管理体系从0到1的生态闭环，也能证明周春的项目是具有可复制性的。然而，周春没有想到在管理体系非常完善的浙江，还会遭遇这么大的困境。

一般来说，只要志愿者、物业、居民、社区有任何一方配合，项目都可以推进。但在眼前这个动拆迁小区，周春目前还找不到强有力的管理方，各部分的协调面临着多重阻碍：入住率不高招不到志愿者、新小区还没有成立业委会、物业费及收缴率很低、物业撂挑子、保安团队不配合、保洁人手不足……从入户、拖桶、执勤、收运到培训，疏通每个环节都像愚公要移走一座巨山一样。

在上海，每栋楼都有楼道长或小组长，周春和团队只需要培训组长就可以了；在这里，周春不得不亲自上门，挨家挨户做思想工作。她拿着宣传单，和团队一起，一户一户发放垃圾厢房的钥匙，耐心地劝解，并试图再邀请几名居民志愿者。她的眼睛扫视着任何可能"撬动"的对象，包括戴着红领巾的小朋友。

"小朋友做志愿者其实是最好的，因为大人不好意思让小朋友去做，自己就会主动给垃圾分类。"

成效颇微，但问题总要一个一个解决。周春知道，居民们一定在暗中观察他们的表现。好言劝说只是最基础的第一步，最传统也是最管用的方法，就是用实际行动说话，用行动感化大家。她和她的团队连续几天毫无怨言地站在垃圾厢房前执勤，身体力行地分拣着居民故意乱扔的垃圾，并成功邀请到隔壁小区的党员志愿者前来帮忙。

第四天，一位一直反对的居民看到他们真心实意地在做着垃圾分类的工作，终于不好意思地到垃圾厢房前亲自分拣了垃圾。他拿着手机，拍下了从隔壁小区到这边提供志愿服务的党员志愿者，把照片发到了小区的群里。这之后，事情终于开始往好的方向发展，大家逐渐变得配合。从遍地都是建筑垃圾到现在，这个小区已经干净到连花坛里的垃圾都没有了。

难啃的骨头终于被啃下，长安镇的垃圾分类智能管理体系建起来了。2021年，周春服务过的小区荣获2020年度浙江省高标准生活垃圾分类示范小区。一张门禁卡、一块信息屏、一个雨篷、一组摄像头……高

科技助力垃圾分类，破解了定时定点投运、绿色账户积分等多个难题。

这可能是周春做垃圾分类以来最重要的收获。

在外人看起来，周春的垃圾分类似乎就是建立一个垃圾厢房那么简单，事实上，周春在建立的是垃圾分类前端环节的管理体系。整个体系的建立，除了前端的直接介入，还需要将中端的收运公司和后端的垃圾处理等环节都理顺，"否则建立的垃圾厢房，就只是另一种形式的垃圾，并没有被真正地利用起来"。

在无数次的协调、沟通与指导中，周春和她的团队们一起创立了指导垃圾分类的九步法：从分工协商、前期调研、氛围营造、团队搭建、硬件改造、社区联动、执勤督导、快闪市集到成功巩固，长安镇的成功经验表明，"九步法"全部的环节都可以被专业化的管理所复制。

周春解释道："垃圾分类也是有专业性的东西的，其实我是专业对口的。前端说白了就是一个社会治理，不管是公益组织的经验还是我在哈佛学的，其实都是社会治理。我们经常提的一个口号是：以垃圾分类为切入点，提高社区治理能力。上海为什么能首先在全国试点，就是因为基层的治理能力强。"

在周春眼中,社会公益组织有自己的运转逻辑。比如她会追求指标,看看在一个月内,能不能让没有人做垃圾分类的小区90%以上的人参与分类;如果没有效果,就是在浪费社会资源。在指标化的驱动下,周春和她的团队目前已经在上海三百多个小区成功推行了垃圾分类,参与度95%,纯净度98%。

在官方公布的上海"十三五"垃圾分类成绩单中,居住区和单位分类达标率双双达到95%。2020年上海市"四分类"垃圾量与2019年同期相比,实现"三增一减"目标:可回收物回收量达到6 375吨/日,同比增长57.5%;有害垃圾日收运量达到2.57吨/日,同比增长三倍有余;湿垃圾日收运量9 504吨/日,同比增长27.5%;干垃圾处置量约1.42万吨/日,同比减少20%。

很难说周春的团队在其中究竟做了多少贡献。但周春对上海的垃圾分类发展有自己的看法,她认为智能垃圾分类领域还有很大的发展空间。智能厢房的打造,数据厢房的管理……未来,周春希望能够依托这群有理想的团队,走好管理加科技的专业化道路,打造智能垃圾管理体系。

让专业的人做专业的事,这是周春对自己提出的更高要求。

环保风口中的"圾不可失"

面对国内环保大环境的变化,周春直言"惊呆了"。

中国的环保事业并非没有底子,十年前,有许多土生土长的民间有识之士，因为热爱这片土地而组建了一些先锋探路性质的环保组织，只是这类组织的发展十分缓慢。一些地方政府为了发展经济，会牺牲当地的环境，环保组织只能与政府采用迂回的方式暗自对抗。

五年前，当周春决定在国内做有机农业时，依然面临很大的推广困境，"一直亏，我认识的做农庄的，亏了几个亿的都有"。在政府大力推进环保事业之前，从事环保相关事业的人，多数都是"不差钱的主儿"，最起码也是对物质需求相对较低的人，周春坦言："我们家到现在都没有买过房子。"

政府发力后，环保一下子成了整个社会的风口。2020年，中国先行先试的46个重点城市基本建成垃圾分类处理系统；计划到2035年，中国各城市全面建立垃圾分类制度，基本建立相应的法律法规和标准体系，公共机构普遍实行垃圾分类。"成了风口就不一样了，这意味着可以赚钱。"

目前，中国生活垃圾分类工作总体尚处于起步阶段，仍面临着许多问题，如城市的垃圾分类组织领导不到位，未能明确各部门职责范围；管理方式较为粗放，尚未建立小区层面的实效评估体系；动员居民主动分类存在难度，过于依赖二次分拣等。这也给资本大量涌入这个领域带来了机会。

可周春对此有极大的担忧。在与大量外地部门接洽的过程中，她发现许多地方的垃圾分类刚刚起步，但起步起错了，很有可能就会让这个风口真的只是刮一阵风。"第一年有钱，只是铺硬件，再组织一下人就能应付检查；这个风潮很可能导致接下去钱花完了，管理体系没跟上，过几年就又拆掉，等到真的想做了，发现没钱了。"

政府的支持让环保事业大放异彩，这样的机遇或许可遇而不可求，如果是一个赚快钱的公司，完全可以低价抢标。但对周春而言，这却是目前团队面临的最大困境："很多人喜欢自己做，觉得厢房建好了就做完了，其实没有。他们会说你不是专家库的专家，也不是教授。他们对教授是信任的，但很多教授是没有实践经验的，他们对实践的指导，老实说不太好用；当你用公司的话，那就陷入一个无限的压价过程。"

当长安镇的项目成功后，周春觉得自己终于有底气将垃圾分类经验带入更多的城市。但是，一切远没有想象中那么容易。成功的背后，是无数次的拒绝，也有更深刻的反思。"其实一个垃圾到底属不属于可回收，要看当地的处理方式是怎么样的，或者说取决于运输的成本，到底能不能赚钱。这个事情确实是特别复杂的。"

目前，湿垃圾处理主要有两种方式，一类是厌氧发酵产生沼气发电，一类是生活垃圾焚烧发电。对于这两者而言，只要钱投进去，处理设施跟上了，成效就能体现。介入中端环节的物流收运与后端环节的设备处理都需要巨大的财力与物力，周春明白自己力量有限，逐渐把自己精准定位在垃圾分类的前端环节，也就是社区治理的内容之上。"我们今年做的是战略收缩，做了十几个街道，觉得没有那么大的能力，还是要聚焦在社区。"

在她看来，创业公司就要清醒地认识到自己的局限性，脚踏实地地把能力范围内的事情做好，看清自己与愿景之间的差距，而不是什么都做。更何况，与人有关的因素一定是最不稳定的，因为一切都在变化。

她清楚地知道，改变人的行为和居民的意识才是最难的环节。和其他垃圾分类公司相比，她创立的公益品牌"圾不可失"最大的区别在于侧重环保理念的灌输，周春希望让居民自己培养起垃圾分类的意识，实现真正的垃圾自治。"长安镇后来也找了其他公司做，因为比我们更便宜，但是他们分出的量，只有我们的一半。我们的垃圾回收率明显高得多。"

事实上，在推进垃圾分类的过程中，周春最大的感触就是工作离不开人与人之间的关系。不论是组建团队，还是在小区服务的过程中，周春都明显地感觉到"意见领袖"和人与人之间的信任对于公益事业的重要性。

　　他们服务过的小区，都是周春和团队一个个亲自上门去谈的。一开始常常要"曲线救国"，先给街道接几个小项目，比如给街道里的垃圾分类负责人开讲座，取得街道方面的信任后，才能继续进小区做垃圾分类。

　　小区中垃圾分类活动的开展也一样。如果能找到小区内的核心人物，这个小区工作的开展会容易得多。相比陌生且流动性大的外来志愿者，显然小区内的居民志愿者做起来会更有成效——大部分人不会愿意花时间停留在陌生志愿者面前听他们说教；但他们可能会因为相熟的邻居在做志愿者，碍于情面，主动地为自己的垃圾分类。

　　比如有一个业委自治的小区，居民甚至常常邀请客人到自己小区的垃圾厢房参观，因为这是他们自己建立出的令人骄傲的环境。在小区内一位退休的意见领袖的号召下，这个小区内部组成了稳定的有二十多位志愿者的团队，许多志愿者甚至不要执勤补贴，就是单纯地想为美好的家园出一份绵薄之力。这样的行动，也感动着周春继续在这条路上走下去。

　　创立"圾不可失"公益品牌到现在，两年多的时间过去了，团队也从周春一个人发展为八个全职员工与四个兼职员工，他们都对环保有着热爱与信念，认可自己工作的价值。招聘的时候，周春对他们说的第一句话都是：你能不能挨骂？

　　垃圾分类这条路依旧"道阻且长"，但周春那份始终"在路上"的年轻心态，却一直都没有改变。有了环保事业这份信仰作为原动力，有了对中国这片土地的热爱，周春征服"垃圾山"的这条路走得累，却知足。她在参加共青团举办的演讲比赛的最后，不无动情地说道："我始终记得我最终的梦想——为我的儿子创造一个与我不同的童年，创造一个回得去的故乡。"

重回高原

    2019年12月，火车驶入长长的隧道，在离开沱沱河的那班火车上，车窗里映出周春的脸。她望向眼前这片幽深的黑暗，眼中含着热泪。飞驰的列车甩掉了身后乌托邦式的过往，前方是前途未卜的奔波。这是八年后，周春重回高原考察格尔木的垃圾分类项目，抽时间旧地重访沱沱河，在班德湖的冰原上行走时，无数的记忆涌上心头。

    就像是一场短暂的逃离，深陷工作的周春从焦头烂额的项目中抽出一丝空隙，逐渐将情绪松弛下来。这次来沱沱河流域的唐古拉山镇，是考察垃圾分类项目是否可以推进。

    唐古拉山镇隶属于格尔木市。作为全国百强县市的格尔木，却完全不足以承载垃圾分类的全套体系。没有立法，没有强制性措施，没有居民意识，人口的流动性也很大，单纯以激励的方式运转，很可能带来一个漫长驻扎的过程。以公益组织的角度来看，格尔木的垃圾分类项目当然可以做；若从社会企业的角度来看，现在绝不是好的切入时机。

她第一次深刻地意识到上海的社区治理能力的确走在全国前列，而过去的她，对垃圾分类在中国的普及，还是太乐观了。

周春还记得，八年前她第一次来到沱沱河，只能买票到那曲。沱沱河的站点太小了，没有被纳入铁路系统中，她只能告诉列车员自己要在沱沱河下，火车才会为她停留。这种只存在于少数人身上的奇妙，就像是哈利·波特前往霍格沃茨魔法学院必须经过的九又四分之三站台。周春在8月的一个凌晨抵达这个神秘的地方时，她还裹着棉袄，一个清瘦的藏族人把周春接到一个废弃的汽车站，推开门，原本的候车大厅内沿墙密密麻麻排着两排泡沫塑料垫铺就的简易床铺。在这里，周春开始了她的环保志愿者之路。

两年后，结束了守护斑头雁的项目，坐着同一班列车离开的她，哭得万分伤心，那时的她以为自己这辈子再也不会回到班德湖。如今带着从班德湖习得的"信仰魔法"重回"伊甸园"，看到当年由白色帐篷搭建的野外观测站整个"鸟枪换炮"换新颜，周春感觉来到了一个陌生又熟悉的地方。命运不会告诉你下一秒的邂逅会在你的人生中留下多深的

痕迹，但当你站在将来回顾这个时刻，会觉得一切都是如此玄妙，仿佛一切都是命中注定。

　　"这次回来不一样了，他们都叫我老师。原本是你给他们介绍，现在是他们给你介绍。"从跟着老师做事的项目经理，到以"专家"的身份批判性地审视老师的项目，周春的成长肉眼可见。

　　挂念着无法推进的垃圾分类项目，还挂念着正在努力工作的创业团队……周春知道，还有无数座"垃圾山"等着她去征服，"在路上"是一种刻在骨子里的野心，她渴望更大的挑战。

上海市垃圾分类实行的是"大分流小分类"的分类减量思路，自20世纪80年代中期推行的垃圾袋装化收集开始，推进历程大致分为四个阶段。

第一阶段为改革开放到20世纪90年代初，垃圾治理主要围绕城市环卫保洁展开，侧重生活垃圾末端处置。第二阶段为20世纪90年代到筹办2010年上海世博会，垃圾治理成为环境污染防治的重要工作，各类垃圾处理逐渐规范化、体系化。

第三阶段为2011年启动的新一轮生活垃圾分类工作，垃圾治理开始进入"减量化、资源化、无害化"三化和"四分类"阶段。2014年，《上海市促进生活垃圾分类减量办法》引入绿色账户，从制度上保障、物质上激励市民积极参与生活垃圾分类。2018年，上海出台《关于建立完善本市生活垃圾全程分类体系的实施方案》与《上海市生活垃圾全程分类体系建设行动计划（2018—2020年）》；11月，习近平总书记考察上海时将垃圾分类工作提升到一个新的高度，指出"垃圾分类工作就是新时尚！"

第四阶段为2019年1月上海市十五届人大二次会议表决通过《上海市生活垃圾管理条例》，上海生活垃圾管理进入依法强制分类阶段。7月1日起正式实施，个人和单位必须按照条例规定进行垃圾分类。9月，为进一步推进全市垃圾分类工作，上海市召开了生活垃圾分类示范街镇创建工作推进会。

截至2020年底，上海垃圾分类实效明显提升，市民分类习惯初步养成，全市基本实现居住区、单位、公共场所生活垃圾分类全覆盖；其中，居住区和单位分类达标率双双达到95%。全程分类收运体系基本建成，其中规范化改造分类投放点达2.1万余个，建成可回收物回收服务点1.5万余个、中转站201个、集散场10个。配置湿垃圾车1 773辆、干垃圾车3 287辆、有害垃圾车119辆、可回收物车364辆。末端处置能力显著增强，"十三五"期间，上海市新增生活垃圾焚烧处理能力达1.3万吨／日，新增湿垃圾集中处理能力达3 900吨／日；全市干垃圾焚烧和湿垃圾处理能力达到2.8万吨／日，基本实现原生生活垃圾零填埋。

上海生活垃圾分类之所以能取得较好的效果，首要原因是具备良好的基层治理能力。在生活垃圾分类效果明显的社区，党组织、居委会、物业、业委会"四位一体"的社区动员模式总体运作顺畅。以居民区党组织为核心、物业监督为辅助，居民组建各类生活垃圾分类志愿者团队，借助生活垃圾分类的契机，搭建和谐社区邻里情，用催生的"共情感"摆脱垃圾分类在社会治理中的困境，并由此转化为夯实社会基础的"共治力"。

"十四五"期间，上海市将继续以减量化、资源化、无害化为目标，持续完善约束为主、激励为辅的垃圾分类制度体系，健全市、区、街镇、村居"四级管理"制度；完善提升"两网融合"回收体系，通过政府引导、市场引入等多元方式完善布局可回收物资源利用产业；搭建长三角再生资源回收与末端资源化利用企业的互联互通平台；倡议适度包装、光盘行动、适度点餐等，继续推进生活垃圾分类提质增效，提升优化生活垃圾分类处理能力，推进资源化利用水平，用垃圾分类"新时尚"推动高质量发展、创造高品质生活。

参考文献

1.上海市绿化市容局生活垃圾管理处、上海市绿化市容局规划发展处数据

2.杜瑾.上海城市居民生活垃圾分类的协同治理机制研究.上海师范大学，2020.

长安
面试官

陕西·西安

上海"前站"

　　2019年10月17日晚，廉宏彬落地上海，到达此次招聘活动的第三站。由北至南，约三个小时的飞行，除了因衣服穿得太厚而热得出汗，廉宏彬没有感到太多的不适。他每年都要到上海来，甚至对上海的饮食都已经特别适应，况且上午在东北师范大学的招聘情况很好，参加人数爆满，来得晚的学生只能站在会场后头，可以说，开了个好头。

　　从机场出来，廉宏彬坐上了到闵行的车。虽说头开好了，但接下来却有一场硬仗要打——到华东师范大学（以下简称华东师大）招老师。华东师大陕西学生少，沿海地区学生相对较多，学生们当老师首选多为上海或周边的学校，因而在整个师范类招聘中，是招聘难度最大的高校。廉宏彬此次前来，是为了"打前站"。

　　有两种学生是他的重点目标——一种是生源地在陕西及其周边的，还有一种，是对象在西安的。旁人听廉宏彬的职位——西安市人才服务中心副主任，以为官威凌厉，实际上他靠的是"真诚"。当然，这"真诚"并不盲目，有切实的方法。就拿对象这事来说，还真影响毕业生的选择。一路走来，廉宏彬遇到不少因为对象在西安而选择去西安的，因此，这也成了他人才工作的突破口之一。先前在北京师范大学招聘，一个学生刚签了约，廉宏彬就介绍了一个从上海交通大学考到西安的选调生给她认识。此举一出，常常引人发笑，怎么一个主任成了"媒人"？廉宏彬却不觉得有什么跌份儿的，吸引人才到西安固然是很重要的一个环节，但怎么让人才留下来，更为关键。做一回"媒人"，人才的稳定性可能大大提高，这对于西安市而言，是顶好的事情，对于廉宏彬而言，也是如此。除此之外，廉宏彬也定期要为西安的人才，主要是海归、博士、硕士、选调生，组织一些活动，让他们能够互相交流，还重点做了个"青年人才在西安"的分享平台。他知道，人才本身是流动的，他不仅要让单位招到人，也要让人才在西安落地生根，顾前，也要顾后。

在车上，廉宏彬也没能闲着。既要帮用人单位确认学校协议的盖章顺序，又要与安排会务的单位做好沟通。车上没开空调，廉宏彬汗流浃背，手机电量也快空了。他请司机师傅开个空调，又继续在手机上处理各项事宜。车开了将近一小时，好容易到了酒店。廉宏彬背上鼓鼓的双肩包，下车拿了自己的行李箱到前台刷身份证。前台问他带了牙刷没有，他起先没听清，后答："有。"前台便给了他房卡，他拿了去乘电梯，边走边吹起了口哨。到达楼层后，往左找了一圈没找到房间，又掉头往右才找到。刷卡进了房，廉宏彬放下行李后第一件事就是脱下外套，又开窗通风，到浴室洗了把脸，终于凉快了些。他哼着歌走到窗边把窗帘拉拢，又从包里掏出充电宝给手机充电，今天打电话多，又是拍照、拍视频的，撑到现在，已属不易。他把矿泉水倒进热水壶里烧，打开行李箱准备换件衣服。长春和上海有20℃的温差，幸好妻子出门前将他的用品一应整理妥帖了，长袖短袖都有，叠得整整齐齐。

第二天一早，廉宏彬就到了华东师大。早在昨天，廉宏彬就约好了陕西籍学生林媛媛见面。林媛媛说要带他试试学校食堂的早饭，他也就欣然应允。廉宏彬先到了，便在食堂门口稍作等候，天气正好，随手拿起手机拍了几张。林媛媛没过一会儿就来了，带着廉宏彬进了食堂。华东师大食堂的"玉米炒葡萄"被学生戏称为"第九菜系"，早餐却内敛得多：粥、面、馒头与包子。廉宏彬在林媛媛的介绍下点了霉干菜包、肉包、鸡蛋和红豆粥。点完，廉宏彬一手端一个餐盘，到靠窗的位置放下，这才卸下双肩包，坐下吃起早餐。

林媛媛是历史专业的硕士，世界史方向。她本科的时候选的中国史，但觉得中国史的限制或许还是多一些，便转了。他们专业这一级，硕士有60多个，其中中国史方向的将近40个，世界史20多个，陕西籍的学生却只有2个，她自己就算一个。林媛媛是渭南人，父母现在都在西安。她从湖南师大被保送到华东师大，在湖南和上海都生活过了，最终还是想回西安工作。一开始，林媛媛并没有想过要进入教育行业，实习总往公司跑，近两年带了家教，又觉得当个老师也不错。她想当高中历史老师，但仅去中学听过课，担心自己因没有正式在学校上过课而不能通过考核。廉宏彬根据此次只说课不笔试的形式给了她一些建议，她也一一收下。

廉宏彬对食堂的霉干菜包子颇为满意，糖放得恰到好处。他的丈母娘是上海人，老丈人是浙江人，经常蒸肉、做霉干菜，非常下饭，每年妻子都让老家寄一点到西安。林媛媛笑着表示赞同，她常从潼关买凉皮的调料带过来，就因为爱那一口味道。饮食习惯于个人，其实是很难改变的，廉宏彬的丈母娘即使到了西安，做的菜仍旧清淡，煲汤一绝。而廉宏彬虽然祖籍在山西，却在西安土生土长，一碗"廉氏酸汤面"做得也是味道颇美。在哪里生长，哪里的饮食习惯就会像刻进基因似的，随时携带，难以抛却，这是家乡情结的一部分。也正是出于这一点，廉宏彬通常会在招聘会之前联系到陕西及其周边的学生进行面谈，出自陕西的学生，回西安的意愿总是更为强烈。

但每一次邀请，实际上都有点大海捞针的意思。光靠学生介绍，廉宏彬的工作无法做得"精准"，而陕西籍的学生名单则是他的制胜法宝。为拿到"法宝"，廉宏彬吃完早饭便匆匆赶到大学生活动中心。不巧的是，后台数据老师在中北校区，廉宏彬只好先去看明天的招聘会场地。听了学生的建议，要工作人员赶工一个横幅，明天拉在桥上。安排妥当，廉宏彬便坐校车出发了。他一上车，车就开了，这让廉宏彬感慨："今天运气这么好。"

在就业中心，廉宏彬向主任介绍招聘会的情况，也相互交流学生的情况。因招聘会设在周末，闵行又在郊区，学生可能趁着周末出门了。再者，根据往年的经验，学生多数偏向于选择江浙沪，其次是深圳和广州，参加招聘的人可能不会太多，"估计40来个"，主任给廉宏彬打"预防针"。廉宏彬回忆起去年在华东师大招聘，一开场就跟结束一样，来招聘的老师都在那里干坐着，场面十分尴尬。这几年的招聘，北京师范大学学生的数量都有所增加，就华东师大签约学生数量一直偏少。于是，廉宏彬请主任帮忙再推送一遍招聘的消息。主任爽快地答应了，并且提出可以重点推送给陕西及其周边、东北的学生。廉宏彬此次带队到华东师大招聘，声势浩大，一共来了80多个人，其中有不少是校长、区领导，一把手亲自参加招聘。廉宏彬希望能多争取到几间面试教室，此外，也向主任提出设置对点工作站的意向。主任对此反应很好，也希望学生能顺应国家战略，做好就业布局。

与主任谈完，廉宏彬走出门，伸展着臂膀哼起歌来，猛地一下跳下了台阶。今天的结果顺利得超乎廉宏彬的想象，不仅见到了就业中心主任，而且合作的意向也很明确。过去，他也有过见不上学校领导的经历，见不上面就只能打座机，效果远没有面谈来得好。他总结："还是要主动。说白了，现在做任何工作，等是不行的，再一个就是人家要了解你的诚意。"走到校园里，廉宏彬到处拍照留念，太阳渐渐弱了，操场上小孩、学生在运动，绿草、蓝天衬着，正是秋高气爽、心旷神怡。不多一会儿，就业中心的主任就给廉宏彬发来了名单，名单中包括湖北、贵州、宁夏、青海、甘肃和陕西的学生，其中陕西的就有86个，这对于廉宏彬是意外收获。以往，一般最多只有五六十个陕西学生，有时只有二三十个。并且，以前学校一般只提供陕西省名单，如今一下多了五个省，囊括了665个学生，廉宏彬喜不自胜，说："今天是一个好日子。"

美中不足的是，虽然廉宏彬已经跟就业中心打过招呼，但安排的招聘会太多，学校的教室紧张，七间面试教室只好分设在大学生活动中心和第三教学楼。会场桌子的布局让廉宏彬不是很满意，人比较多的区排在了对面，这样排队容易乱，两家也容易有竞争。一个教室有两个门，招聘的立牌却被工作人员放到另一个门。好在各个区都已经下了功夫，长安区抢占先机，在门上贴"长安欢迎你"的大字，因是左边那扇，学生迎面走来，远远就能看到；未央区则在另一扇门贴了招聘简章。相较于以前简单发个消息就来了，这次廉宏彬还专门建了学生群，唯一的欠缺是前期没有来宣讲，直到毕业季才来。他预计，今年来的人数必定会超过以往，应该会是最好的一次。

今天晚饭间，廉宏彬打了10个电话邀约，只有3个人接，好运会往后延续吗？他不知道，但他相信——会的。

实　战

廉宏彬带着招聘团到的时候，已经有几个学生带着简历在门外等待。招聘团见了也心急，还没开始入场就提前问来的学生有没有中文系的。不出廉宏彬和就业中心主任所料，来的学生大部分是陕西及其周边省份的。招聘老师看简历的时候，总是亲切地说："欢迎你回家。"接着为学生介绍区里教育的大体情况，像长安区，有学长学姐自愿拍了宣传片让招聘团队带来宣传，效果颇佳。廉宏彬忙前忙后，既要照看学生的需求，也要观察老师的状态。有老师向他反映，昨天来到上海，在机场等了一个多小时，廉宏彬安抚了老师，立马去向负责人反映。而想回家乡的学生，在招聘会场上，也容易遇到一些"巧事"。一个英语专业的女生，原本就是碑林区的生源，如今招聘老师中恰有她的小学校长和音乐老师，廉宏彬一见，便用手机拍了下来。体育专业不需要白板，就在室外试讲。有的学生平时感觉好好的，一站在有经验的面试老师面前就怯了场。廉宏彬想起自己晚饭前联系的体育专业学生，见他好像没来，便重新联系，这才知道原来他不是硕士，学历上达不到要求。

拿西安市的碑林区举例，为应对人口新政，2019年已经新建了十栋教学楼投入使用。一年净增加的学生数量就有5 086人，按最保守的幼儿园1：7和初中1：19的师生比来算，至少也要增加三四百个老师。2019年10月10日，西安召开全市教育大会，发布《西安市基础教育提升三年行动计划（2019—2021年）》，提出要完成新建、改扩建中小学幼儿园430所，增加学位38.95万个，满足新增学位刚性需求；设立2亿—4亿元学校质量提升专项奖励资金，每年对200所办学水平提升成效明显的学校给予奖励；市级"名校＋"联合体内的"名校"自主招聘高层次和急需紧缺人才，招聘方案和招聘结果报市、区县教育和人社部门核准；市级设立三年不低于50亿元的学校建设专项奖补资金，给予区县、开发区差异化奖补……2020年秋季入学前，整个西安市要完成新建、改扩建中小学幼儿园170所，其中幼儿园66所，小学71所，初中25所，高中8所，新增学位16.44万；到2021年秋季入学前，则要完成新建、改扩建中小学幼儿园126所，新增学位10.75万。各项目标、措施显示，西安市的教师缺口显然很大。但缺口虽大，各招聘单位仍然有自己的标准。许多学校要求"双师"，来应聘的学生中就有好几个因为是本科的免费师范生而达不到硬性要求，只好无功而返。长安区的人社局、教育局领导亲自下场，谈下了一个研究有机化学的博士生。粗浅看来，这似乎是大材小用，但对此，廉宏彬说："我们对学生的了解远远不够。"他曾遇见在研究所做得很好的学生，就想离职当老师，这无关乎薪资待遇，而是关乎理想。在廉宏彬看来，影响学生此次就业抉择的主要因素是自己喜不喜欢这座城市以及就职学校整体状况如何，包括生源质量，也包括自身成长渠道。

由于这次招聘是试讲通过就签约，也有许多学生被打了个措手不及，陶琳就是其中的一个。她早上是第一个来的，一来就被长安区的工作人员拉过去了。这是她参加的第一场招聘，但没想到是个"开门红"，短短几个小时，就要面临是否签约的抉择。陶琳是山西人，虽然离西安很近，但家里人仍旧希望她能回到临汾当老师。如果她愿意回去，就能到当地最好的中学——临汾一中去。她当然知道，临汾达不到西安的薪资待遇，但她想要教高中，长安区却已经没有岗位。招聘的老师推荐她去长安二初，这是长安区最好的初中，设施齐全，又在主城区。签了以后，陶琳可以过去跟岗实习，如果实在不想在初中，只要能力够了，也可以再协调，调到高中部去。陶琳已经考虑了一早上，实在拿不准主意，只好到一边的隔间给同样当老师的姑姑打电话求助。她跟姑姑说明基本情况，一边说一边在白板上写，说完又擦掉。姑姑问她还读不读博，她说不读了，姑姑便让她再确认一下是不是公办带编，介绍的月薪是不是到手就有那些。挂了电话，陶琳不太好意思地再次询问，长安区的教育局和人社局局长耐心地——给她解答，陶琳觉得挺满意。于是，她准备签约了。但字还没签，家里又打来电话，她又陷入新一轮的纠结。她想到自己去了西安举目无亲，但又不甘心就这样回临汾。无奈，她只好再次打给姑姑。

"怎么样呢？姑姑。"

"初三化学老师也无所谓是吗？姑姑。"

"您是建议可以去西安是吗？姑姑。"

"好的，姑姑。"

好不容易，陶琳结束了和姑姑的通话，终于松了一口气，签下了拟聘协议。签完后她再次确认是否直接把编制给她，各个老师笑着应是。她向各位老师道歉，害怕因自己的犹豫不决而耽误了各个老师的时间。廉宏彬正好来了，一听还是山西老乡，介绍对象这事儿很快又提上日程。正好下午他要到上海交通大学去见见学生，顺便也让陶琳一起去了。

一见到交大的男同学，廉宏彬便介绍陶琳。陶琳帮着廉宏彬给交大的学生们点咖啡，跑上跑下，十足的小助理模样，十分可爱。来的上海交大学生有的是硕士，有的是博士，廉宏彬与他们相互交流就业意向，互加微信，根据他们的需求做对点单位推荐。尽管交大并不属于廉宏彬负责的范围，但他仍然要简单地邀请这些人才来摸个底，了解应届生回西安的意愿度和困惑，并向单位反馈。

晚上，廉宏彬放心不下，又到部下的酒店跟他们讲讲工作内容。第二天他就要去武汉，不与他们一同到复旦招聘，而复旦的招聘难度相当大。他建议除了正常的活动外，让骨干多宣传，争取多一些人进群，把有意向招复旦学生的单位也邀请入群，有哪些特别需要的专业就跟辅导员联系。廉宏彬嘱咐负责人要一下复旦的陕西、西北籍学生名单，从而做到点对点联系学生。见到的每个学生，有机会一定要把微信加上，有疑问就要马上去落实。他问年轻部下小汪微信好友有多少人，小汪拿起手机一看，495，廉宏彬说这不行，得有目标，他问："硕士以上加多少？"小汪说："10个以上吧。"廉宏彬又问："往上蹦一下呢？""20个吧。"小汪答。廉宏彬不太满意，讲起雪佛兰的营销故事，以此激励部下要学会主动争取，部下听了觉得有道理，廉宏彬便趁势下了加100个好友的指标。

除此之外，他也强调一定要对政策、用人单位岗位信息和特点有所了解，这是他们的基本功，虽然琐碎，但必不可少。廉宏彬对于引才工作有相当大的使命感和成就感，他希望这种使命感与成就感也能传递到同事身上，"推荐一个清华学生，相当于给西安引进50万资金"。实际上，招才引智和招商引资是一样的，甚至更重要。对于廉宏彬这些做人才工作的人而言，不只"表面工作"要做好——让人家知道他们来了，宣传片要拍，现场如果有很好的典型就需要拍下视频、留好素材，也要做好"内里"的工作。廉宏彬觉得，讲好"西安故事"，主要是讲"人才故事"。廉宏彬在这方面确实下了功夫，每到一个地方，他总要"记录"一下，尤其是学生签约成功的时候，他总要求"拍一张"。"这是他们故事的开始。"他说。

也有用人单位向他们提出建议：南方院校对西安了解不足，倘若能提前入手，就大二时就开始让学生有所了解、融入西安，可能会有更好的效果。在这一层面而言，廉宏彬十分赞同，他深知，招聘时起作用的并不只是区区一个岗位，人才对一个城市的认知是关键。

"人才工作也是城市的窗口。"廉宏彬说。他从2007年就开始做这个工作，却并不是全然把它当成一份工作，多年来，他与许多单位合作，结识不少人才，大多建立了朋友关系。很多时候，人才对西安的第一印象是与廉宏彬紧密相连的。他们可能没有去过西安，但却先见到了"西安人"廉宏彬。他时刻牢记自己的定位：一是平台，二是服务，还有一个经验——做人的工作有时就是交朋友。因此，廉宏彬见学生时，从来不摆什么架子，为了知道人才的真正需求，他常常要约见他们，也就常常自己贴钱买单。他并不只跟人才聊政策，而是从"人"的角度去对谈，因而，"经常跟人家聊得很自然"——部下这样评价廉宏彬。

廉宏彬鼓励他们，也嘱咐他们，帮他们敲定细枝末节，直到四点才回去，一路上阒无人声。

定武汉

廉宏彬在上海仅停留了两天三夜，20日一早便动身，坐上了去武汉的高铁。车上，他仍旧与同事讨论工作，事毕，才回到自己的座位补眠。

窗外滑过绿色的山丘，白房一丛丛地立着，绿树在秋风里飘摇，廉宏彬手肘撑着窗，用手撑着脑袋，阳光照在他的脸上，他似是毫无察觉。

直待醒来以后，廉宏彬才以歌和景，拿起手机拍视频。

从上午坐到下午，廉宏彬终于到达武汉，接他们到酒店的大巴已经在出口等着。与上海不同，武汉一整个是烟火气的世界。从汉口站一出来，便有一排排的小吃店。有的招聘人员在高铁上吃得不太舒服，下车后便直奔热干面所在地。而廉宏彬则先到酒店大堂给工作人员开了个短会。从北京到长春，再到上海，廉宏彬把大家的投入看在眼里，走了三站，成绩比前几年都要好，许多学生就是被招聘团的诚恳所打动的。但同时，他也总结问题，提出几点要求：一、场地需要落实，各个区县能在场地不够时协同合作；二、向学生进行定向邀约，团队确保统一行动；三、为了保持会场秩序，工作人员穿着、说话要得体，收到咨询时要体现出专业度。例如有些学生不适合招聘的岗位，但在反馈时也应该注重方式、方法，政策方面若不清楚便不可随意承诺；四、为了提高效率，希望每个区县发动校友，再次动员；五、外出注意安全。

短会一结束，廉宏彬便急着去见约好的华中师范大学（以下简称华中师大）的学生。一想到要见人才，廉宏彬心情就愉悦起来，哼着歌过了马路，再上虎泉街天桥，就到了见面的咖啡厅。接头的学生早在门外等他，两人一起进去，华中师大的见他来了也就上前来。来的学生大约有10个，有的是华中师大的，有的是陕西师大的，之前没应聘上，锲而不舍地来了。人来得多，大家只好把桌子拼成大桌围坐。廉宏彬先是自我介绍，又跟学生分享在华东师大的招聘见闻，接着便让学生轮流提问。学生们都自觉地给廉宏彬递上简历，有的与岗位相关度不高，有的尚不能确定自己想去哪个区，有的上一场失败了还在苦索原因。廉宏彬根据他们的困惑一一解答，岗位相关度不高的就推荐别的岗位；不知道选哪个区的就给他讲西安各个区的历史发展；至于失败的原因，廉宏彬从提问者说话的神态上就能窥得一二。他建议这位同学说话时眼睛不要总往上看，可以拍下视频自己重复训练。结束时，廉宏彬让学生们回去都养足精神，把自己想去的学校做一个排序，明天早点去，一开门就直奔最想去的单位。大家以茶代酒，举杯相碰，廉宏彬说："祝你们成功。"学生们困惑得解，都舒心地笑了，把搬来的椅子放回原位，各自离开了。

　　廉宏彬回到酒店，还在看学生的简历。他根据先前与学生的沟通，给简历上的个人总结做评估，并一个个标注。有的个人总结在他看来并

不准确，并有套用模板的嫌疑。但廉宏彬对此并不苛求，他认为，对于年轻人，不能求全责备，不可因为一点瑕疵就放大他们的缺点。他始终坚持，在态度上要包容，在方法上要专业，二者缺一不可。廉宏彬决定，明天学生面试前，还要找简历有问题的学生谈谈。

21日一早，廉宏彬与团队就在酒店门口集合了。带队的举了个写有"西安"两个字的红旗，带着一队人走到华中师大。招聘会刚开始，来的学生就已经不少。昨天负责与廉宏彬接头的女生准备了厚厚一沓简历，来应聘中学的地理教师岗。她的老家在山东烟台，但西安的工作机会比山东多一些，待遇也好一些，又加上男朋友在西安读大学，弟弟在西安读军校，出于多方面考虑，她打算以后就在西安定居，并把父母也接过去。她进入会场，把简历给廉宏彬再看过，廉宏彬直接把简历给了招聘的领导，让双方去谈。

招聘会场的场面火爆，人来人往。今天与西安一同招聘的还有中山的华南师大附中、郑州市的……各地对师范类人才的竞争十分激烈，西安只分到2间面试教室，只好在室外搭桌子安排面试，廉宏彬又托朋友找了一间办公室，面试才勉强得以进行。未央区的音乐老师面试官就在垃圾桶旁拉了两张桌椅坐下，黑板放在一张桌上，海宁穿着白色蕾丝裙站在"讲台"上示范六年级的音乐曲目《我们的田野》的唱法。试讲结束，面试老师问她为什么想到未央区，又加试了一首歌便顺利通过了。海宁被带去签约，又激动，又紧张。她本就是陕西人，本科去了西南大学，喜欢教育，如今有了机会为家乡尽一份力，便义无反顾地来了。昨天，海宁与母亲从重庆出发，坐了6个小时的高铁才到武汉。小时候，她和父母生活在河南，小学、中学都在河南上的，父母至今也还在河南三门峡市工作，但其实离西安只有2个小时的车程。海宁先给父亲去了电话，陪同她来的母亲还在场外等着她的消息。后海宁的母亲来了，廉宏彬向她展示给海宁拍的照片，她连夸拍得好，拿出手机要照下来。廉宏彬加了海宁微信，准备直接把原图发给她。廉宏彬向海宁介绍，他的父亲和姐姐都是音乐老师，且姐姐也在未央区执教，带的会演队伍比赛不是拿一等奖就是头等奖，海宁到了西安，可以拜自己的姐姐为师。海宁笑着应下，与签约协议和母亲分别拍下合照。廉宏彬被海宁的欣喜感染，与海宁和她的母亲以及同事也合了个影。廉宏彬对摄影有要求，请人拍之前还要自己定好镜头的位置，又特地让"主人公"海宁站在中间，一起比了个"赞"的手势。

海宁签约成功了，她很开心，父母也很开心。但在面试场上，其实多的是失意人。本科生们在学历上就已经被卡掉，有的学生即使已经迈过硕士的门槛，但也可能因为不是"双师"而错过心仪的岗位。林青来的时候信心满满，带着自己满是初中物理教学经验的简历在展位咨询处坐下，老师也已经给她的简历"签字画押"，表示对她基本情况的满意。但林青终于还是放弃了这次试讲的机会，因为她必须试讲高中物理的内容，而她，实在不熟悉。

与华东师大相似，在华中师大，也有已经到了签约关头仍旧纠结不已的学生，比如萧白。她应聘上了小学音乐老师的岗位，给自己的母亲打电话询问意见的时候，母亲正在搓麻将，总把陕西听成关西。萧白用

长沙话不断地重复，说明年薪等情况，但母亲因觉得离家太远，不太同意。"反正你要是不同意我就应聘其他地方咯。"萧白这么说。之前，萧白也参加过其他招聘会，没能面上自己想要的初中，现在她除了母亲的意见，还要面临初中和小学两个选项的抉择。萧白个人其实也不是很想到小学去，但招聘的老师对她很满意，便劝她小学的音乐老师是更有发展空间的，还可以带社团，人最重要的应该是选择适合自己的位置。萧白觉得有理，但终究不能一举下定决心。招聘老师见她在短时间内难以决定，便将时间放宽到了晚上，要萧白晚上给她打电话。萧白的这个岗位实际上只剩下一个名额，虽然招聘巡回还没有结束，但招聘团觉得萧白十分符合他们的要求，下一个地方未必能有萧白这么优秀的，害怕人才流失，于是格外希望能签下萧白。

根据招聘老师的反馈，这几年看下来，学生们的综合能力比较强，对现代教育的适应性也比较好，看到他们能喜欢西安，也为家乡高兴。但高兴之余，他们仍然要把控好标准与门槛，品学兼优、适应能力强，热爱教育，愿意当老师并且能当好老师的才是他们想要的人才。对于一些试讲没有成功的学生，招聘老师们也耐心向他们说明原因和问题。在短短的5分钟之内，他们重点看的其实是语言表达和逻辑思维能力，若看不到两者的优秀展现，他们选择宁缺毋滥。

华中师大作为赴外招聘的第四站，来了不止一二百人。截至中午十二点，已经签下了30多人，这些人里，以硕士为主，包含了少部分的免费师范生，多数来自陕西、安徽、山西、甘肃等省份，但西安市本地的反倒不算多，加上还在考虑中的，约有50人。廉宏彬认为，签约率之所以能如此之高，主要原因在于面试团队有水准，因而选出的人也有水准。学生来面试，先看城市，再看学校，而面试官的水平对于他们的最终选择也起作用。经济发展、信息发达以后，年轻人们关注的更多已经不是"故土"的概念，而是何处能够发挥自己的才能与彰显自己的个性。在此认知基础上，人社部门发布信息征集各区县、中学需要哪些专业的老师及其数量，统计后发布公告。接着，便要安排招聘场次，针对每个高校最大范围地让信息和需求相互对应，把有想法的、西安需要的人才留住。在招聘活动开始前，各区县就已经达成协议：在招聘现场如果有合适人选立马就要确定下来，人社部门提前把协议书盖好章，一旦确定签约，人社部门就立刻办手续。学生等待的时间大大减少，招聘会九点钟开始，有的不到九点半就已经签好了协议。这场由人社部门牵头，联合各教育部门的招聘团队，南征北战，拿出了他们十足的诚意。

结束了华中师大的招聘，廉宏彬又往武汉大学的学生就业指导与服务中心去。原本，廉宏彬早上就要跟就业处的领导见面，但领导忙于开会，只好挪到下午。下午天气炎热，廉宏彬穿件长袖，热得直流汗，到了室内才感觉好些。除了领导，廉宏彬主要是要来见三位博士，也是引才特使候选人。他仍旧像先前一样与学生互加好友，询问他们的就业意向，并将他们的简历有针对性地推荐给单位。因博士的毕业时间难定，廉宏彬问了问他们各自的毕业时间以及论文情况。建了群以后，廉宏彬便负责邀请工作单位，学生则负责邀请有意向的人才。西安与武汉大学其实已经合作多年，第一次做"博士西安行"时，就业处的王主任就带着博士到西安去过，去年西安人才局长还在武汉大学授了"引智工作站"的牌。

从西安出发之前，市里拍了个《长安面试官》的宣传片，总策划人就是廉宏彬。片里选了12个代表，都是各行各业的HR或企业老总，通过他们的眼睛、嘴巴，来看，来讲西安的发展。廉宏彬觉得，这样更有说服力。他拿出自己的手机，给领导播放《长安面试官》，一边看一边为其他人介绍片中出现的人的背景。看完，廉宏彬又从陕西话讲到古诗词，把场面聊得热络、软和了，又重申扩群和把消息推广出去的工作重点。见了面，廉宏彬的心稍稍定了，三个博士与他一同出来，在就业指导与服务中心门前合影留念。

这样的事情，廉宏彬不知道已经重复做过多少次，但他对自己的要求是"常做常新"。廉宏彬已经五十二岁，但第一次见他的人通常以为他只有四十几岁，这和他常与年轻人打交道不无关系。廉宏彬认为，自己能够保持热情，很大程度上是源于年轻人带来的力量，他们带给他希望、动力和活力，而他，也不能辜负他们。他在专业问题、品德修为、城市元素上都下了苦功，就是希望能够在人才提出疑问时做到对答如流。

廉宏彬1998年就到人才中心工作，2007年真正开展引才工作，主要负责市委人才办每年度的人才招聘和赴外人才引进。每年年底到第二年年初，他们会把下一年度的招聘设想和计划先报上去，根据市委人才办的整个人才工作要点议定新年度的工作具体计划。要问他的目标，短期内，廉宏彬想把西安重点领域、单位都做一个梳理，建成一个目录，使自己的工作能够有的放矢。长期而言，廉宏彬很清楚自己的职责在于"服务"二字，他想建立服务平台，完善服务手段，通过平台的建立和手段的更新，更好地引才。廉宏彬清楚，引才这项工作，不是单给自己做，也不是单给西安做，人才的流动之于中国，有深远的意义。人才，特别是一些高精尖人才在改变国家面貌、摆脱别人宰割的方面发挥了重要作用。廉宏彬认为，像钱学森、黄大年等人，在他们的领域从无到有，从有到强，就是明证。

"人才流到哪里，哪里就会繁荣。"廉宏彬说。

探深圳

深圳在廉宏彬看来，是由于人才大量流动而繁荣起来的典型城市。

在这里，年轻人很多，他们讲公平、规则，打破条条框框的束缚。得益于年轻人的高效率，深圳的产业迅速发展。要来深圳引才，廉宏彬其实心里有点犯嘀咕。西安并非一个财政大市，在薪资待遇上与深圳无法抗衡，这就给廉宏彬的工作提出了寻找其他突破口的难题。

2019年10月27日，深圳依旧还是夏天的气候。廉宏彬穿着短袖，在酒店的露台咖啡厅等待学生赴约。他给自己点了杯卡布奇诺，又给即将到来的单位人员点了一杯柠檬水，随后一个人在座位坐下。这是廉宏彬第一次到清华大学和北京大学的深圳分部对接，约了三个单位和几个学生，准备了解一下深圳学生对于西安有什么感受。在西南大学招聘时，廉宏彬就遇到了深圳的招聘团队，当时他们在门口发传单，传单上大刺刺地印着博士30万、硕士20万的薪资，双方从在门口放宣传展架时就有竞争。到了深圳，廉宏彬知道政策、待遇是自己的劣势，他需转向情怀与事业。就之前在深圳发传单时学生的反应而言，廉宏彬觉得还是有些信心的，薪资对于学生而言并非第一顺位，他们纵使迷茫，却对大方向有自己的规划。深圳以薪资、待遇见长，但房价和压力也令许多年轻人望而却步。

新城区委组织部的选调生先来，喝了廉宏彬点的柠檬水。之后学生也陆陆续续地来了，廉宏彬为了加他们为好友，又删掉了自己的几个同学。去华中师大招聘前一晚，廉宏彬就已经经历过一轮删好友的痛苦。他的好友列表原有4 995人，为了招聘会上能够预留出足够的名额来加学生，便删掉了一些同学，好友人数到4 988人。他们这些同学大多有一个共同的群，廉宏彬满是歉意，只能回到西安再请他们吃饭赔礼。好在他们也都理解廉宏彬——做他这个工作，就是要跟各行各业的人打交道。他总是先把自己身边的人删了，却把那些可能最终也没能来到西安的人保留下来。廉宏彬说："同学还有电话可以再联系，但对于这些人来说只有一面之交，必须要抓住。即使这个人没有来，身边有人想来，他想起来，我还认识个人，可以找找廉主任。"

由于通知仓促，来的学生并不多，清华和北大各有几个，有的是硕士，有的是博士。没过一会儿，另外两个单位的招聘代表也来了。人齐了，廉宏彬轻车熟路地问学生的就业意向，并与单位的代表协同解答。谈着谈着，廉宏彬想起自己昨天开了98千米到山里摘的猕猴桃，便请其中一位代表去取来让大家尝尝。金褐色的猕猴桃一颗一颗堆在大大的浅口盘里，大家各自挑了一颗来尝，甜滋滋的。廉宏彬趁机宣传：这就是西安的好处，开车半小时进山，任意一条沟里的水都可以直接喝。除了自然环境优越，廉宏彬还提出了西安的房价优势。西安的房价均价不超过一万两千元，有的人到西安来，进了好的单位，不到一年就把房买了。说话间，学生指着咖啡厅旁的一个楼盘说："10万一平。"

据在就业中心当助理的清华的同学说，他们学校毕业生去得最多的企业是华为，第二是国家电网，第三是中石油，第四则是河北省委组织部。通过他们自身与身边的同学观察，受专业影响，深圳分部的清华北大毕业生更倾向于选择东南沿海城市，但有的觉得一线城市压力太大，也会退而选择二线城市，再往下吸引力便会下降。从2012到2017年，西安对清华学生的接收量在全国直辖市和省会城市中排第8名，但相对于本部，西安的赴外招聘以往都略过深圳，此次前来，学生们便感受到了西安对人才的重视。

下午的咖啡会谈结束，廉宏彬与学生们前往烤鱼店一同吃晚餐。除了下午的三个单位，还来了其他几个代表。下午来过的北大博士因有事不得不先走，虽走了却还介绍了另一个同学——王寅做替补，恰好与廉宏彬是老乡。席上，大家喝点啤酒，聊各自的想法，很有点拉家常的味道。

李维刚从南加大回来不久，恰好收到这个消息，便也加入了这个"饭局"。从国外回来，李维深深地感受到国内带来的安全感，晚上的街道仍旧灯火通明，人们的步伐轻松、踏实。他有一个人生理想：要见证国家的成长并成为其中的一分子。因而，他想走选调的道路。于他而言，薪资并非最重要的，有二线城市的药企已经给他开出了年薪30万到40万的条件，但他仍旧首选选调。

　　无独有偶，贾云也有家国情怀。贾云希望，自己做的事情能让别人有所改变，能影响他人。导师很希望她留下来做科研，但她觉得这不能实现她的理想。她性格内敛，在饭桌上很慢热，廉宏彬就建议她要学会在短时间内展现自己，她因此怀疑自己是否适合当选调生。好在，坐在旁边的李维和另一个女孩开解她：选调主要看做事的能力，而非性格的外向与否。贾云想要回西安，但男朋友却在杭州发展，并且有了较好的根基。他以一个本科生的身份进了阿里巴巴，四年之间晋升了两三次，已经是北大硕士进去还得熬上几年才能到达的高度。倘若贾云能去杭州，对他的影响便能降到最低。但贾云的男朋友不太在意，只说："如果你执意选择西安，我愿意放弃现在的一切跟你回去。"贾云为此感动万分。她想起他总是在周五下班后赶晚上九点的高铁到深圳看她，到的时候已经是周六的早晨，而周日又要赶回去，根本见不了多久。贾云做科研实在太忙，与男朋友在一起七年，异地五年，她到杭州的次数屈指可数。她觉得他为自己付出太多，杭州、西安成为天平的两端，很难选。

　　饭毕，廉宏彬与几个代表和学生一起到他们的学校散步。学生带着他们参观、介绍，并在清华大学的医院管理研究院合了影。逛了逛，时间不早，学生们都各自回去了，只有王寅跟着廉宏彬回到了酒店，准备在下午的咖啡厅谈心。由于太晚，咖啡厅已经关门，王寅买来两瓶矿泉水，与廉宏彬在一张小桌子前坐下。深夜搅扰，王寅心中始终摇摆不定。晚饭间，他虽已与廉宏彬和代表谈过，但仍旧想求一个确认。王寅是山西人，本科却在兰州大学就读，太原和西安，都在他的考虑范围内。廉宏彬当然爱才，但通过了解，得知王寅身上承担了一定的"家族使命"，且他留在家乡可能竞争更小，人脉的积累也很重要，便建议他还是回家。王寅得了廉宏彬的答案，轻松不少。

　　廉宏彬称这次深圳之行为"破冰之旅"，主要任务便是了解清华大学、北京大学和哈尔滨工业大学的深圳分部（以下简称清华、北大、哈工大）及学生对西安的合作意向和就业意愿。见完学生第二天，廉宏彬与团队便来到清华的就业发展中心。廉宏彬向就业发展中心的领导介绍自己和团队，并提出想要陕西籍学生名单的愿望。就业发展中心主任向他们介绍了深研院的基本情况与发展规划，也肯定西安是重点引导的方向之一。但主任建议他们的招聘时间可以再早一点，或可提前至九月中旬，毕竟有的单位春天就来了。廉宏彬和团队表示了解，并与就业发展中心的领导们互加微信。当天上午，各个用人单位在清华大学开了招聘会，名为"'向西·驱动力'2019西安秋季博士暨高层次急需紧缺人才引进巡回招聘活动"。学生来得零零散散，也并非全是清华的。西北工业大学民航学院就遇到两个深圳大学的硕士前来咨询，但遗憾的是，他们的讲师要求学历在博士及以上，招聘老师建议他们去读博深造。倒是有一个清华博士很适合，但她一心想留在西安。不巧，民航学院之后会搬到江苏泰康去，与学生想去的城市不符。招聘老师并不气馁，而是邀请她参加年底的面试，多一次邀约，便多一个抓住人才的机会。

招聘会场面冷清早在廉宏彬的意料之中，他已经提前了解了原因。清华学生的科研任务很重，导师并不轻易准假，他们的消息又放得晚，没能与学院直接对接。深圳分部的招聘向来没有本部多，许多学生也都回本部去参加招聘。廉宏彬对三所高校的三所分校还未有充分的了解，要不是昨天跟着学生走了一圈，他都不知道清华、北大和哈工大在一个地方，图书馆、餐厅和操场都是共用的。因而来招聘的岗位与学校的专业目录有些出入也就不足为奇了。招聘会结束，有的招聘单位就直接回家了，但廉宏彬还要留下来。招聘会出现问题，很大程度上是缺乏名单，没能做到精准服务造成的，他必须再跟校方沟通，获得配合。从12号出门，廉宏彬已经跑了7个城市，每跑一个城市，都是一次对身体的考验，招聘的老师几乎在肠胃上都有了点毛病，人也浮肿。即便如此，廉宏彬工作未完，中午吃了饺子，便又充满精神，往哈工大就业中心去了。

廉宏彬对路不熟，一边导航，一边问路，又刚好坐上校园里的观光车，才成功到达。在车上，廉宏彬遇到哈工大的硕士，请她为自己做向导，顺便加了微信，以便学生班里想去西安的同学联系。女生想了一下，恰好自己有个同学因男朋友在西安，便有到西安去的想法。廉宏彬觉得自己运气好，在沟通中发现了机会，行动了，便有了结果。但是，好运在哈工大的就业中心似乎未能延续，老师向廉宏彬介绍，哈工大的博士一年最多也就六七十个，且他们找工作并不着急，全年都有招聘。再者，博士的毕业时间并不确定，他们也摸不准。硕士虽有八九百个，但这个时候来，基本也都招完了。面对廉宏彬的"名单请求"，老师提出，以往也并没有这个先例，只同意可以做个二维码来调查，对西安有就业意向的可以填一下自己的生源地与联系方式。廉宏彬在哈工大逗留时间不算太长，便又往北大去。

在北大，廉宏彬已经提前约好李维与他接头。李维先前在就业中心当助理，与就业中心的领导相熟，对北大的就业状况也颇为了解。他们等电梯时，遇到就业中心的老师，一说起来，恰好又是廉宏彬的老乡，事情从开篇就显出顺利的态势。到了办公室，廉宏彬见到就业中心主任，坐下交谈。西安与北大合作密切，廉宏彬讲起来很有信心，西安的人才服务中心还有"北京大学西部基层实习实训基地"的标牌。就业中心的主任也向廉宏彬介绍北大的基本情况和学生的就业去向，留在深圳的就高达38%。四人相谈甚欢，最后轻松落幕。

回到酒店，廉宏彬照例先洗了把脸，明天再到深圳人才园去一趟，这次赴外招聘就基本结束了，他终于能松一口气。廉宏彬的父亲7月份因在家门口摔了一跤而骨折了，情况一度凶险，甚至上了呼吸机。加上廉宏彬，家里有三个子女，并不算少，廉宏彬和弟弟晚上轮流照看，白天则由姐姐来。饶是如此，他们总有忙的时候，虽也请了护工，但母亲仍旧承担着照顾父亲的重任。父亲在床上一躺就是将近4个月，母亲与父亲是同年生的，八十岁的老人照顾另一个八十岁的老人，连尿布都换不动。父亲还不能下地走路，他在外出差，不能照顾，总归歉疚。他虽试图找到"忠"与"孝"的两全之法，但实在太难。廉宏彬一直期盼着自己能回去照顾父亲，"希望我11月回西安的时候，天气是晴朗的，是有阳光的，我也要把他抱到轮椅上，还是要到户外，见见阳光"。

母亲知道他奔波在外，不想他太累，不来麻烦他，也不想麻烦廉宏彬的姐姐和弟弟，就自己盯着卧在床上的丈夫，以防他把床尿湿。说起来，廉宏彬的性格、精神极大地受到了母亲的影响。据廉宏彬说，他是《白鹿原》中"朱先生"的原型的曾外孙。廉宏彬深感，先辈远胜过自己，自己唯有多加勤奋，却也难说赶超。能做人才工作，于他而言，是千载难逢的幸事。他想起小时候，要吃上母亲做的饭并不简单，母亲总是在备课，上班期间从不进厨房。耳濡目染，廉宏彬对自己的工作也不敢懈怠。六十将近，眼看着要退休了，但廉宏彬有时会忘了自己的年龄。他在各个城市之间流动，与各种各样的人才结缘、交流，仍旧乐在其中。

"大家需要动起来，行动起来，流动起来，我觉着，中国的希望会越来越大。"他说。

在创新驱动发展的战略之下，人才对于城市的重要性不言而喻。自2017年开始，为吸引人才，实现经济发展的"弯道超越"，由新一线城市发起的"人才争夺战"席卷全国，许多城市出台配套落户政策，降低落户门槛，并附经济补贴与配套保障，希望能吸引人才流入。例如，柳州、南宁、苏州、厦门等地开出超百万的补贴，而宁波的安家补贴更是高达800万元。2018年12月，习近平总书记在庆祝改革开放40周年大会上指出，我们要坚持创新是第一动力、人才是第一资源的理念，实施创新驱动发展战略，完善国家创新体系，加快关键核心技术自主创新，为经济社会发展打造新引擎。

2019年，"人才争夺战"持续升级，广州、深圳等一线城市也相继出台了人才新政，城市步入以"人才"为核心要素的高维竞争阶段。2019年12月9日，58同城、安居客发布的《2019人才政策与安居就业报告》显示，2019年以来，全国已有百余城市出台了人才政策，其中，已出台人才购房政策的城市有近40个，热点城市的抢人大战正如火如荼，而更多的城市还未觉醒，城市人口争夺战远未结束。

人才不断流入城市，为城市带来了新的发展动力，成为城市资本的一部分，对于城市的长远之计有莫大的益处。但同时，人才的流入要求城市在各方面做好准备，单单做好"引进"的工作而漠视人才在城市中的发展将降低城市对人才的黏性，影响人才"留下"与否的选择。《2019人才政策与安居就业报告》指出了大城市首先面临的是住房供应跟不上，其次还有学校不足、医院不足、交通设施不足等大城市病的问题。此外，由于经济发展的差异，出现了发达地区通过高薪挖人才的问题，大量西部人才流入经济发达地区，形成了"孔雀东南飞"现象。对此，中共中央办公厅、国务院办公厅印发《关于进一步弘扬科学家精神加强作风和学风建设的意见》，其中明确提出，今后发达地区不得片面通过高薪酬高待遇竞价抢挖人才，特别是从中西部地区、东北地区挖人才。

人才是流动的，在各地的人才政策不断更新的过程中，城市与人才的契合度正在得到进一步的检验。实现城市与人才共同发展，将成为城市人才工作的关键所在。

参考文献

1.王一凡，崔璨，王强，等."人才争夺战"背景下人才流动的空间特征及影响因素——以中国"一流大学"毕业生为例.地理研究，2021，40(03).

2.薛楚江,谢富纪.人才政策发展三阶段模型与中国人才政策.科技管理研究,2020,40(24).

3.张达.抢人大战 近40城吸引人才落户出新政.经营管理者,2020(01).

4.大海.人才新政:是保护更是鞭策.昆明日报,2019-06-25.

我的小龙虾学院

湖北 · 潜江

小龙虾学院的"本科生"

丁大琴在潜江龙虾学院读大学。

这学院的名字乍一听像龙虾养殖场，也像"三年二班""轻食学院"一类创意饭馆的名字，但它实实在在，是一个大学，养殖与烹饪恰是它的组成部分。

从中国潜江龙虾生态城入口的巨型雕塑往里望，一眼可以望到龙虾学院。米黄、灰蓝、黑色的墙面被直线切割成不同的几何图形，上头的"中国·潜江龙虾学校"几个字漆成红色，很是醒目。潜江市位于湖北省中部江汉平原，关于它，有很多名号，比如"曹禺故里""江汉油城"，再比如"龙虾之乡"。相对于其他名号，"龙虾之乡"似乎更为人所知。早在2010年，潜江就已经被评定为"中国小龙虾之乡"，并举办

了第二届中国湖北（潜江）龙虾节。据《2020中国小龙虾产业发展报告》，2019年中国小龙虾产业总产值达4 110亿元，同比增长19.28%（未包括港澳台统计），养殖总产量达208.96万吨。相较于2017年的112.97万吨，小龙虾产业仍旧在蓬勃发展，而在全国小龙虾养殖产量前30名的县（市、区）中，潜江市稳居第三。龙虾学院设立于此，可谓是得天独厚。

2015年学校开始筹建，2017年开始招生，而就是在这一年，潜江龙虾学院第一次登上热搜。作为全球唯一一所以物种命名的学校，潜江龙虾学院赚足了眼球。丁大琴作为龙虾学院烹饪工艺与营养专业为数不多的女学生，却不是被它的"稀奇"所吸引的。

2018年，丁大琴成为潜江龙虾学院的第二届学生，带着超过本科线的成绩来到这里。有人觉得烹饪这个专业不适合女孩子，但她自己倒挺喜欢，尽管这并非她的第一选择。丁大琴高中时是个体育生，但各项平平，非要说的话，跳远还算拿得出手。家里许多亲戚读了体育专业，都说这个专业挺好，女生读这个专业将来挺吃香。那时候丁大琴也没有什么非要达成的梦想，便跟着选了体育。但天不遂人愿，丁大琴第一志愿掉了档。她想起到学校宣传过的江汉艺术职业学院，虽然宣传的是其他专业，但她发现这个学校还设有烹饪专业，自己恰好喜欢做菜。回想起来，丁大琴觉得她来到潜江龙虾学院并没有什么很特殊的原因，只不过突然好像是天时、地利、人和都兼备了，她就来了。

丁大琴家乡虽也在湖北，但从家里到学校的路程并不算近。她通常需要在火车上度过四五个小时，再加上转车的时间，在路上大概要花掉六个小时。大一刚入学的时候，学校派了专门的车子到十堰市接他们，就此开启了她的大学生涯。刚到潜江龙虾学院，她觉得好奇怪，怎么会有学校用"龙虾"来命名。潜江龙虾学院作为江汉艺术职业学院的分院，确有它的"奇怪"之处。在设计之初，学院的会长就已经将学院大楼的参观动线设置完备。它不仅是学院，也是景点。许多慕名而来的家长、视察的领导都从这条动线上走过，观摩学院的设备和学生的实践课。

　　龙虾学院的设立并非没有受到质疑，也引发了不少争议。有人认为这是在"跟风"，有误人子弟的嫌疑。但龙虾学院的张会长对此表示出了极大的自信，他说："希望潜江龙虾不仅是一道美味，更是一种中国文化，希望潜江龙虾学院学子走向全世界，作为潜江龙虾的载体，传播龙虾文化，为我们学院增光。"

　　小龙虾大约在1929年由日本人引入中国，距今已有超过90年的历史。而小龙虾真正作为菜品被放置于餐桌之上，则要等到1960年。小龙虾可食用部分仅占全身的20%，在急需解决人民温饱问题的20世纪60年代，它显然没有成为流行饮食的基础。且受制于烹饪技术的局限，小龙虾的腥味一度使食客们对它望而却步。直到1993年，尝试把中药材放进调料的安徽人许建忠把家搬到江苏盱眙县，花了一块二毛钱买了两斤一直在盱眙夜市无人问津的小龙虾，把家里的调料拿来试了，第十三味调料下锅，小龙虾完成蜕变，十三香小龙虾的吃法就此流行起来。但显然，这个时候小龙虾饮食的热度还远不如当下。小龙虾的火爆，还要归功于另一位主人公——湖北潜江的农民刘主权。刘主权摸索出了"虾稻共生"的模式，使废地成了宝地。而现在，小龙虾产业已经成为潜江的支柱产业，2019年潜江龙虾的区域品牌价值为203.7亿元，成功登顶中国龙虾区域品牌第一名，成为全国区域品牌前十名（《2020中国小龙虾产业发展报告》）。小龙虾饮食的火爆与时代环境紧密相连。小龙虾走上了产业化发展的道路，烹饪方式不断得到创新。人们的温饱不再成为问题，小龙虾在餐桌上，甚至已经成为社交情感的纽带。得益于壳多肉少的特性，人们需要花费大量的时间才能吃到一口，而这漫长的等待无形中满足了食客们的快感，并极具当下人们注重的"仪式感"。其实早在2016年，小龙虾的产量就已经突破了百万吨，而龙虾学院的创建，可以说是顺应时势。

　　2019年年末，领导到学校来参观，那时丁大琴正和同学们在练习室里练习翻锅。当领导走近看时，学院的创始人向他们介绍她——"过了本科线的"。丁大琴笑着站出来，等他们走了，她又站回自己的位置，认真地练习起来。

在龙虾学院，进行翻锅练习时，锅里并不用真正的菜品，而是装上几勺沙子。纯粹的干沙放进锅里，虽然容易翻动，但灰尘扬起，却容易迷了眼睛，堵了鼻子，呛了嗓子。所以，他们会在沙子里加一点水，让沙子变湿，再不断地翻，让沙子重新变干。一口锅是五斤，再舀上三勺沙，就是七八斤，这个重量对于臂力的考验不小。影视剧中，大厨们总在他们的厨房里挥斥方遒，运锅、勺、刀于掌中，就算没有庖丁解牛的神功，至少也显得轻而易举。但丁大琴入学后却曾怀疑，这个需要力气的活是否适合自己。为了完成勺功考核，丁大琴并不轻松。

勺功主要考察端锅、托锅翻、大翻、旋锅和装盘五个技能。考核前，老师组织同学们一起练习。他们穿着厨师服在锅边站成两列，随着老师的口令操作。二十几口锅与二十几口勺相互碰撞、摩擦，夹杂着沙子的响动，整个房间仿佛被套进了沙盒之中，沉浸而恢宏。练习时，丁大琴身边的许多同学都因锅太重而端不住，仅吊着一只锅耳，另一边则已倾斜。但丁大琴一直坚持标准高度，保持锅的水平状态。托锅翻结束后，

丁大琴才有机会活动泛红的大拇指与关节。直至真正的考核开始前，丁大琴都还不知道考核是以怎样的形式进行。她问旁边的女生："是都一起考还是一个一个来？"话未完，穿着红色厨师服的老师就已经宣布：两人一组，进行考核。丁大琴是最后一组，但在她之前的每一组操作，她都站在前面目不转睛地看，时而与同学讨论几句。等得久了，她轻轻地打了个呵欠。好不容易轮到丁大琴，她上前去，等待老师的"第一下"指令。端锅时，锅耳垫着毛巾，但丁大琴仍需用很大的气力才能做到单手完成。此项考核大约需要一分钟，丁大琴起初只靠单手，险些失了平衡，她一笑，急忙改用双手端锅。一分钟还未结束，她的指甲就因用力而泛白，周边通红。左侧负责发口令的老师看了两次表后，终于用鼓槌敲了两下鼓身，丁大琴盼来两声结束的鼓响，放下了五斤重的铁锅。紧接着便是托锅翻，丁大琴与同组考核的同学先后舀了两勺沙子入锅，鼓声一起，便翻炒起来。鼓声渐密，她的节奏也不断加快。到了大翻环节，她双手抓住一只锅耳，前后移动铁锅，试图将锅里的沙子均匀、整个地翻过来，往复几下，便进入旋锅的环节。旋锅看似简单，实则用的是一股巧劲儿。所谓的"人锅合一"，是要以人带锅，而非以锅带人。锅在丁大琴的手里虽远没有想象的那么听话，但她抓着一只锅耳使之在灶沿来回旋转，沙子却不倾洒。装盘时，丁大琴先将锅向左颠一下，再向右去，让沙子落满勺中。这样的动作循环像是以锅底为支点，安了一个灵巧的跷跷板，在上下之间，完成一场抛物游戏，而勺子，是最大的赢家。丁大琴将原先舀进锅里的沙子又装了回去，将大勺架在锅上，头尾正好倚住两只锅耳。随后，她用抹布收拾台面，就算结束。勺功考核结束后，两个老师对他们的表现做了一些总结，总的来说，是"不尽如人意"。

丁大琴的同学中，很多男生为了训练臂力，每天坚持做俯卧撑，而她则用打乒乓球代替。实际上，丁大琴的乒乓球打得不算好。课后和同学一起打时，她一边嚼着口香糖一边应战。球不太听话，五发有两三发不过网，她的持拍姿势也不够标准。她打不了几球，就要换人。休息的时候她就靠在墙上，和同样被替换下来的同学聊天。这样的时刻，令她感到放松、愉悦。这是她喜欢乒乓球的一大原因：让开心的时刻绵延。而她在一次又一次的发球、接球当中，活动自己的手腕，好像托了锅、掌了勺，球桌就是她的灶。不只是开心的时候，难过的时候，丁大琴也来打乒乓球，这通常发生于她能够做好某些事却没有做好或因此挨批的时刻。她对自己的要求很严格，除了上课，还要自己练习，但饶是如此，也难以保证完美。

成为烧虾师或其他

丁大琴被问过一些问题，诸如"如果不能当第一了你怎么办""得了第一你开心吗"，总是与"第一"这个词紧紧相扣。她对此感到很疑惑，不知该如何回答这些问题。她觉得她的生活和其他的大学生一样，闲的时候逛逛街、聚聚餐，在学校的时候则按照课表按时去上课。有的课也会令她感到枯燥，而她最喜欢的还是实操课，尤其是做龙虾和川菜，自己买些原材料来练习也是常有的事。她经历过友情中的冲突、误会与矛盾，也经历过爱情的热烈、磨合与平淡，与老师、同学相处融洽。关于"第一"，她并未刻意去追求，这也并非她生活中最重要的事。或许，将"获得第一"称为经历生活的一部分，感受十八九岁的年华如何从每一天的漫不经心中流逝，对于丁大琴来说是更为合适和公平的说法。

但不可否认的是，"第一"对于学院中的她——学烹饪的女生仍旧很有意义。丁大琴的班里只有三个女生，而这种"稀缺"现象产生的原因并不难想到。在烹饪行业当中，女性的弱势是被公认的。诚如丁大琴的老师所希望的，走向领导层，是丁大琴所能选择的一条更为轻松的女厨师发展道路。女厨师的优势当然还是有的，诸如她们做出来的菜品可能更精致，在品控上更胜一筹，在美观度上更令食客满意，但长久以来的行业偏见并不易打破。"力气不够"，单这一条，就将她们推向了难以克服的先天性困境之中。

于是，丁大琴心有忧惧，也常加练。大二上学期期末，丁大琴与同学们就要接受油焖大虾的实践考核。既然是龙虾学院，显而易见，这场考试很重要。对于大一以理论课为主的他们而言，这是一场硬仗。

考试前一晚，丁大琴申请了练习的教室，也请了老师来指导。老师在一旁看着让她有些紧张，但她也很快操作起来，第一步就是清洗小龙虾。丁大琴将小龙虾全部倒入洗手池中，打开水龙头，让小小的水流打在小龙虾身上。小龙虾都还鲜活，一只叠着一只，一只缠着一只，在洗手池里缓慢地移动。她随手抓起一只，用左手大拇指抵住小龙虾的双钳，其他手指捏住身体与尾部，右手用小刷子上下刷洗它的腹部。刷完一只，就丢一只到盆里。盆里的小龙虾依旧在动，活跃、伸展。但丁大琴没空看它们怎么样，她必须在三十分钟内完成这道菜。清洗完毕，她把盆里的小龙虾又倒回洗手池里，拿出剪刀开始剪虾。丁大琴先把虾头剪了，再用剪刀尖处挑出小龙虾的胃，又剪掉它两边的小脚，抽掉虾线，虾背开上几刀，一共七刀，利落地将小龙虾变成了食材。她把清理好的虾扔回铁盆，水龙头的水已经关了，几秒滴下一滴水来，带着剪刀剪掉虾脚和开虾背的声音，就像在雨点大而稀疏的天气里开车驶过湿润的地面，车轮碾过掉在地上的冰激凌脆筒。清理完毕，她切了姜片，到另一个教室推来了调料车。开火、洗锅、热油，尽管有抽烟机，油烟还是大得让丁大琴皱眉。她手忙脚乱地一会儿把锅从灶上移开，一会儿又放回去，正圆的灶中心，冒火口也圆圆的，冒出蓝色的、坚硬的火焰。锅里从只有油到加了白酒、辣椒、香料、豆瓣酱，炒香之后，她把小龙虾冲一冲

水，便一齐放了进去。加水的时候，丁大琴加了很多，老师在一旁喊："够了！够了！"她顿了一下，还是按照自己的判断多加了一勺。倒啤酒时，老师又喊："太多了！"但她还是倒了半瓶。一切就绪，丁大琴却找不到锅盖，只好急急地去找，好不容易盖上了。第一次揭盖时，丁大琴忘了尝味；第二次揭盖，汤汁仍旧太多。丁大琴调了大火，又放香醋和猪油，紧接着便勾芡。开了盖的水蒸气晕得丁大琴噘圆了嘴直呼气，在下锅前又加了一勺淀粉。这一勺淀粉导致汤汁过分浓稠，装盘时，丁大琴用密漏勺一装，怎么也漏不下去。老师过来尝味，直言虾表面像糊了一层糨糊。丁大琴有些失落，老师又说："味道还行，调味方面应该没有太大问题。"她看着自己这一盘油比汤多的龙虾，笑着点点头。

这一次练习，在丁大琴看来，差强人意，她丢三落四、走错流程，最后连小龙虾的颜色都不对。老师笑着鼓励她再试一次，她便去了。第二次老师几乎不出声，她努力回忆步骤，克服上一次的错误，换了个深口的黑盆来摆盘。葱花撒完，她请老师评价。无论是色泽、用油量还是勾芡统统过关，只有豆瓣酱似乎没有炒够，油不够红。她这才稍稍放心，按照老师的嘱咐细心地收拾台面。做了两遍，虎口发疼，但她仍旧坐在教室里复习考试的要点。丁大琴那本印着"江汉艺术职业学院"的本子里，记着各种菜式的做法，她将油焖大虾的要点梳理一遍，有整整八条。

复习完油焖大虾，丁大琴便到元旦联欢晚会的彩排现场去。她在晚会中有一个节目，是《我和我的祖国》的朗诵。丁大琴左手拿着蓝色的文件夹，里面有词，右手攥着话筒在台下等着。音乐响起，便走上台去。面对台下坐着的同学和老师，丁大琴感到很紧张。她一个字、一个字地念，有些地方拖出长音，努力使之有朗诵的感觉。音乐终于结束，漫长的朗诵也得以终结，丁大琴从台上下来，没有回到座位，而是到了门外。她很想找个地方哭一下，但终究还是忍着从后门回到了晚会席上。她沉默地坐在那里，旁边是同学的嬉笑声，她觉得自己刚才做得不好，等一下也不会做好。关了灯的室内，只有投影的屏幕在发光，炫动的图案映在丁大琴的眼珠上，蓝的、绿的、粉的……她给舞蹈节目鼓掌。一个个节目过去，她的身体紧得像上了发条，松手的话，不会像八音盒那样流出音乐，而是出现故障，面临损坏。直到播放大家录制的祝福视频的环节，丁大琴才终于笑出声来，指着墙上用各色气球粘成的"2020"，小声跟一边的同学说："你看气球都已经爆了好几个。"又过去几个节目，轮到丁大琴上台了。她依旧认真地完成这个节目，结尾处还说了几句新年祝愿，虽然快速而短暂。她小跑下台，紧张得忘记把话筒传给下一个同学。老师笑着说："紧张成什么样了。"她也笑出来，说："可不是嘛。"丁大琴回到自己的座位，变成了八音盒上跳舞的姑娘，开心、享受，吃起了薯片。

第二天便是油焖大虾的考核日。丁大琴早起化了妆，戴了男朋友送的宝石蓝耳钉，往教室走去。同学们都在教室里看书复习，丁大琴则拿出昨晚梳理的考试要点背诵。老师向同学们叮嘱要点、流程，并进行分组，做了一次示范。丁大琴被老师抽中上台帮忙剪虾，又回答关于步骤的问题，她很珍惜这样的复习机会。炒完后，老师反复强调自身技术过硬的重要性，并抛出了"月薪过万不是梦"的口号。她知道，这是很多同学选择龙虾学院的原因。"龙虾学院"虽然显得"奇怪",但小龙虾饮食的火爆有目共睹,它确切、具体,不管是现在,还是未来。

　　丁大琴是第一组,先进了考场。考前,他们喊了口号——潜江龙虾,红遍天下!潜江学子,逢考必胜!加油!加油!加油!紧接着老师一敲鼓,计时就开始了。得益于昨晚的练习,丁大琴对流程已经相当熟悉。她切姜与葱末、抓料、剪虾,一刀剪掉一侧的虾脚,每一刀脸部都跟着用力。装调料时,老师敲鼓提醒时间已经过了三分之一。她端起装油的盆子嗅一嗅,区分是大豆油、菜籽油还是香料油。除了开头的火打不燃、中途的锅盖迟迟不来、厨师帽总是往下掉,一切都还算顺利。考场里烟雾缭绕,丁大琴揭盖又盖上盖,多次反复,剩下三分钟时,已经撒完葱末。红彤彤的小龙虾背部朝上,钳子都指向一个圆心,在蒸腾的热气中守着自己的位置,紧紧挨着。最后的三十秒,老师是用鼓声来计时的。丁大琴忙着收拾台面、洗盆,最后一声鼓声落下,她将自己的成品按编号放好,等待评分。两个老师从另一头一个一个地评,说到别人的问题时,她总是望向自己的那盘,她在想自己是否也有类似的问题。好在老师对她的成品很满意,汤汁、色泽和装盘都算不错。

丁大琴得了第一名，她很开心。

考核一结束，为了年末的聚会，辅导员带着丁大琴和同学们到菜市场去采购原料。他们兵分三路，一队买冻货，一队买小龙虾，一队则去采购蔬菜。丁大琴被分到小龙虾组，和班级里的一对情侣一起。到了小龙虾店，他们得知小的只有冻虾，于是只好买了最大的品种。他们没有过多挑选，让老板称了三斤，冬季小龙虾贵，买这三斤就已经花费了一百六十五元。完成任务后，三人到菜市场去找大部队，他们正在挑蔬菜，挑来挑去总共也才花了一百出头，还没有他们手上那三斤小龙虾贵。

回到学校，同学们开始准备自己要在聚餐上展示的菜品。有的做糖醋鱼，有的做干锅牛蛙，还有做火锅的，炸鱼炸虾的，好不热闹。大约下午四点半，大家的菜也差不多做好了。一张大圆桌上，摆了二十道菜，有的单独做了一道，有的合作做了一道，丁大琴则做了两道，一道干煸豆角，一道新疆鸡块。整桌有荤有素，卖相不错，堪比酒店酒席。当然，对于烹饪专业的他们而言，好吃是当然的，但他们在聚餐上仍带着专业的惯性，在老师的要求下相互品尝，相互交流。重点在于交流。学校的校长在每个酒席之间流动，带来新年祝愿与寒假的嘱托；老师与同学们多次起立举杯，不同年级之间也走动着相互祝福敬酒，俨然一派过年的气氛。

这些举起酒杯欢笑的人，和丁大琴一样，几乎都是高考的失败者。他们之中，有百分之八十都是普通的农家子弟，有的是山区的留守儿童，有的来自普通的工薪阶层家庭，但他们大多对烹饪有确切的喜爱。2019年，高考报名了 1 031 万人，985 院校录取 16 万人，本科 433 万人，有将近 600 万的考生无缘本科，而他们，正是这 600 万中的一部分。他们之中，有已经约好将来要一起在武汉开店的情侣，也有想要一起开店的兄弟，还有的做了很长远的职业规划：首先花个几年到一线城市学习、培训，之后再开属于自己的店。他们在这里，学得一技之长，把小龙虾当作工艺品来做，试图找到解决将来生活问题的途径，试图成为对社会有贡献的人。梦想确切，可触可感。丁大琴也是如此，虽然她内心对这个职业仍有怀疑，手上起泡、磨出老茧的时候还是感到疲累，也对成为一个办公室白领仍旧抱有期望，但她不后悔，成为烧虾师什么的，她喜欢。

丁大琴的梦想像在海中漂流，有时抓不牢，时常有波动，但一如她的人本身，她2020新年的愿望，也很简单——希望自己和同学们学业有成，老师们万事如意。

实　习

期末考核结束后，丁大琴在学校附近的一家小龙虾店里找了一份寒假实习。这家小龙虾店代表潜江龙虾上过综艺节目，店门标着"荣获《天天向上》虾王桂冠"几个大字。出门前，丁大琴为了给顾客一个好印象，仔细地化了妆。她照例将自己的短发扎起来，用梳子的尾部拱几下，显得蓬松一些。搽素颜霜时，丁大琴不忘把脖子也抹上，眉毛用眉粉和纸巾不断修正，涂了睫毛膏还要用睫毛刷刷上几下，再用纸巾擦掉因不熟练而蹭在眼皮上的膏体。丁大琴用的口红颜色低调，涂上两三层，又用纸巾抿掉多余的。收拾妥当，她穿上常穿的黄色羽绒服，带着简历到店里去报到了。

路途并不算远，步行便可到达。但十二月末的潜江，冬天依旧寒冷，风刮得丁大琴急忙拉起衣服的帽子戴上。到了店里，丁大琴向前台说明情况，想要找厨师长。前台让她暂且等待，收到通知才叫工作人员把她带了上去。见到毛师傅，丁大琴忐忑地递上自己的简历，又进行了自我介绍。毛师傅看后表示了解，将她带到办公室，给她一套工作服。这工作服也是厨师服的样式，跟学校的白色款式不同，是黄色的上衣，黑色的围裙。丁大琴换上，到厨房熟悉工作。

她到达的时间正是厨房的准备工作做完、不到营业高峰期的闲暇时刻，毛师傅简单介绍她的工作内容，活也不重，只是琐碎。开单、报单、称小龙虾、递调料、摆盘、擦盘、撒葱花、端菜、收拾卫生——尚未熟悉流程之前，这就是丁大琴要掌握的技能。一份小龙虾的分量是有严格要求的，不能太多，也不能太少。丁大琴看了示范后，戴上手套尝试上手，她先是从白筐里抓出一把，大约四五只，看了看重量，估量着又追加了四把，重量差一点，她便抓来一只添进去，一份小龙虾就称好了。丁大琴很快熟悉了一把小龙虾、一只小龙虾的重量，一筐小龙虾被分到了各个盆里，等待烹饪。毛师傅又将开单时要用的各个楼层的夹子颜色告诉她，叮嘱她别夹错。她一一记下，不敢懈怠。

趁着闲暇，她请求毛师傅让她试试锅的重量。店里的锅从规格上就与学校的不一样，光锅重就有十五六斤，这个数字让丁大琴倒吸一口凉气。毛师傅不仅答应让她试空锅，还为她示范了平时炒虾时如何翻锅。她用空锅试着托锅翻了几下，放进一筐小龙虾，用左手抓住锅耳，使劲地翻动。这一锅小龙虾足足有八份的重量，加上汤汁，可达六七十斤。而在这里的师傅，一个人一天平均要甩出一千多份小龙虾，大概有一百多锅。毛师傅要求严格，他说："虾子一只都不能掉出来。"丁大琴第一次用这么重的锅，力气不够，也不够熟练，只练了几次就没劲了，小龙虾一只接一只地掉出去，她感觉惶恐又不安。毛师傅要她找到锅和灶的平衡点，找到了就不用花力气。她又翻了几下，仍旧没有找到。丁大琴望着只有小龙虾的锅，因第一次练，毛师傅并没有给她加上汤汁，而没有汤汁的锅，更令她感到挫败。

单单试锅，就已经对丁大琴造成不小的冲击。学校的锅她已经觉得重，但对比真正的商家，要应对源源不断的客人，重量是加倍的，连同速度，也是一样的。她感到力不从心，基本功也不到位，这比期末考试的失误还令她难过。除了试锅，毛师傅连做油焖大虾的抓香料环节也亲自教授。饭店的香料与学校的略有不同，且饭店是八份一配，各种调料的比例却并非直接乘以八那么简单。毛师傅说："这个要靠经验。"丁大琴自然是还没有什么经验的，只能懵懵懂懂地听着，记下他说的递调料的顺序。最后，毛师傅提议丁大琴也试试炒虾。丁大琴按照学校那一套来，却在第一步洗锅就被毛师傅指出圈上没洗。因为速度的要求，油并不需要烧热就要下蒜，火要大。而火一大，就要求厨师习惯性地把锅从灶上托到灶沿，防止烧糊。面对掌握火候，丁大琴更是脑子搅成了糨糊。

　　第一天实习结束，丁大琴最大的念头就是加练。

　　饭店的锅重是平时练习的五倍，为了达到重量，她在练习室里把沙子加满，起初用勺子舀，后来直接成桶倒，而这种方法带来的副作用就是更快地磨出水泡。但她并未就此停止，单手托不动，就用双手，她练了一遍又一遍，气喘吁吁，头发散乱。实在太累的时候，她便停下来揉揉自己的手腕和胳膊，缓解酸痛，稍作调整后又接着翻。练到没有力气了，丁大琴才缓缓地把锅里的沙子舀回桶里，走出练习室。

她没有直接回宿舍，而是靠在走廊的窗边查看消息——她的母亲要她帮她买一张到广州去的火车票。丁大琴看到消息便去买了一张卧铺票，母亲平时为了省钱，通常是忍着，从湖北一路坐到广州。她买完后给母亲打了视频电话，母亲接起来，没有开灯，黑乎乎的看不清，只能在她靠近镜头时看到与自己相似的脸型。她让母亲开灯，想要看看她，但母亲没有听见，只说家里在下雪。

丁大琴作为中国第一代留守儿童，五岁时，她的父母就已外出到广州务工。直到初中时，她的父亲才从广州回来照顾她，但也不久，在她高中毕业之前就又走了。而她的姐姐，初中时就只身到上海打拼，那时她还很小。于她而言，他们常经由手机的屏幕显现，是难以触碰的影像，隔着山水，将家长的位置让给了自己的外公与外婆。她生长于《诗经》故里"房县，那里盛产香菇、木耳，却与小龙虾没什么亲缘关系。潜江龙虾学院是大专院校中的一个另类，这从校门口那座重一百吨、高十五米的小龙虾雕塑就能看出来。它拥有百分百的就业率，有的同学在大二就已经收到用人单位的"预定"了。小龙虾饮食的火爆，是它得以存在的基础，其烹饪课程就囊括了油焖、十三香、蒜香、清蒸等数十种小龙虾的做法。虽然小龙虾对丁大琴来说并非一个亲切的物种，但从潜江龙虾学院习得的技能，让她能为家人做一些事，他们之间离得更近了。丁大琴其实偷偷在心里责怪过自己的父母为什么不能陪着她，但她像大部分的留守儿童一样，虽有幽怨，更多的却是理解，甚或感恩。她理解她的父母并非故意抛下她，而是为了能让她有个好的环境安心读书。她的父母在文化程度上不如她，但她从来不怀疑他们的爱。他们的背井离乡，是地理意义上的，在心理意义上，家人或许从未远游。

"等我回去了做好吃的给你吃。"丁大琴笑着对母亲说。她试图唤起母亲对于她厨艺的记忆："还记得暑假我给你煲的汤吗？"母亲也笑了，对此表示肯定。她把食指的水泡给母亲看，说自己练翻锅时伤到了。

母亲问她怎么弄的，她便进了练习室，向母亲展示自己平时如何用沙子练习。母亲对此很陌生，她又解释："我们平时都是用沙子练，不是真的炒菜。"丁大琴继续向母亲撒桥，说锅很重，母亲问："那你怎么那时候还要报这个？"丁大琴笑笑说："喜欢嘛。"她边说边走到走廊上，母亲问起成绩，说："那你学得怎么样？"丁大琴卖起关子，让母亲猜她考得怎么样。但母亲那边像是信号不太好，连问了好几遍，丁大琴只好竖起食指，说："第一。"

"啊？"

"我说第一，第一！"丁大琴操着家乡话，连说了好几遍，母亲才终于听清，高兴地说那挺好。两人却也没有对此作过多讨论，又扯到别的话上去。丁大琴说自己被骗了一千块，母亲对此似乎更关心，急问怎么又被骗了。事实上丁大琴是第一次被骗，并没有母亲说的"又"。这场骗局起因于她的同学社交账号被盗，骗子称朋友在医院，急需用钱，在不断的催促下，丁大琴转了钱。母亲说："以后不要这样了。"她点头说好，母亲又要给她转火车票的钱，她拒绝："我有得花，不用。"母亲又说了几次，丁大琴不收，她也就作罢了。

丁大琴的父母起初不理解女儿，想要让她选择一些以后能轻松工作的专业，但丁大琴打定了主意，他们也就不再说什么。学习开始，并没有丁大琴想象的那么轻松。老师们常常叮嘱他们要反复练习，寒暑假要主动实习，要为父母做做饭。对于这些，说是作业也好，嘱咐也好，丁大琴都很积极地完成了。但她不当成任务，而只是想让她的父母尝一尝她的手艺，想让他们知道，这就是她正在学的东西，而且，她学好了。丁大琴的父母尝过她的菜，渐渐地比以前更支持她。

但与实习相同，丁大琴在考试上也经历过"失败"。考青椒肉丝的那天是个下雨天，她一直觉得很冷。坐在教室里等待分组时，她将外套盖在自己的腿上。老师先是来点名，又宣布了考试分组。问题在于，青椒肉丝需要的原材料鸡胸肉只有四十块，少了五块，为应急处理，老师让排在前面的每人片下一片，也就够后面的人使用了。丁大琴被分在第二组，分到的鸡胸肉还未完全解冻，她一边切一边给手哈气，艰难地片下了两片。老师见状，要他们停止切片，直接切丝，丁大琴只好改了策略，先切成了条。老师在考场走动，大声强调道："不要切成条，要切成丝！"走到她身边，看了一眼她的砧板，调侃一句："条切得不错。"丁大琴笑了笑，不甚在意，又沉浸在鸡胸肉的世界，将条改成丝。处理鸡胸肉花了丁大琴不少时间，她还在改丝时，对面的同学已经开始处理青椒了。她加快速度，洗了青椒后对切，抠出籽，斜刀切丝。对面的同学刀功很快，丁大琴则求稳与细致。她仔细地搓洗盘子，用毛巾擦干盘子表面的水珠，将切好的青椒放进装了水的铁盆，习惯性地擦擦台面，接着开始腌制鸡胸肉。她往盆里加了料酒、淀粉，从手臂边抽出随身携带的筷子搅拌。鸡胸肉还是有些硬，她暂且放在了一边，切了蒜末。准备工作做好，操作台却不足以容纳所有人。她站定等待，前一组的同学炒好了放在桌上，她便冲掉拌鸡胸肉的筷子上的淀粉，为他整理摆盘。第一组结束，丁大琴再次搅拌鸡胸肉，之后迅速地从洗锅开始，加入四勺油，放肉，盛出，再洗锅；青椒焯水，洗锅，而后开炒。炒几下出锅，

仍旧又洗锅。这一道菜，就要洗四次锅，说是考验刀功、火候等基本功，但洗锅的功夫也练得不少。丁大琴用筷子整理菜品，又用毛巾将盘子的边沿擦干净，端到旁边的教室等候。结果并不出人意料，丁大琴得了第二名，她炒完就不是很满意。她的刀功和卫生都很好，但装盘装得像"肉丝青椒"，主辅有误，肉丝少且不够滑嫩。

这样的失误对于丁大琴而言并不能算是致命打击。如果说奔向第一名像是在骑自行车，那这些小小的失误就像发涩的链条，虽然锈迹斑斑，但只要她滴上几滴油，就能继续往前蹬。大多数人都想当第一，丁大琴不例外，但有时，她也会想不清第一有多重要。她知道，有些东西远远比第一重要。

作为一分子与代表

在龙虾学院里，多得是聚成一团的时刻，新年要聚，冬至大小算个节日，也要聚。而聚会最核心的步骤，总是学生们围在一起做菜。冬至那天，丁大琴也和同学一起包了饺子来吃。她因摆台的服务技能练习而姗姗来迟，来到时饺子已经熟了两盘。"嗨，不好意思我来晚了。"丁大琴穿着黄色羽绒服过来，对已经包了许多饺子的同学们有些歉意。她立即上前去准备包，但因来得晚也不知道每个锅里分别是什么馅料。同学给她指了其中一锅，说："这是韭菜馅的。"于是，她微微抻了一下袖子，左手露出一根黑色皮筋，也顾不上扎头发，包了起来。她低着头包得细致，旁边的同学笑着让她教他，她也笑出声来，说："我也只会这一种。"

她拿了个饺子皮，在上头放了两勺馅料，又低下头去，将饺子皮对半合拢按压，俯身在桌上把饺子立起来打褶。同学看后说懂了，丁大琴看了看手里的饺子，却给它判了死刑："这个皮儿有点大，馅少了，包的形状不好看。"于是，她又重新包了一个，以弥补这次的失败。一盘又一盘的饺子下锅，丁大琴与同学们说说笑笑，同作为龙虾学院的一分子，越发显得亲密无间。

而由于丁大琴身上"第一名""烹饪专业中的女生""过本科线"的标签，仔细算起来，丁大琴作为代表发言或者宣传的时刻并不少。辅导员带她和另外两个同学去过北京，录制了《开门大吉》。那是她第一次坐飞机去北京，成了她十八年人生中最难忘的礼物。期末总结的时候她也作为"优秀学员"代表上台致辞，只是仅说了两句，就卡在"感谢领导和老师的关心"上面，久久想不起词来，台下鼓了两三遍掌，她才草草跳到新年祝福，下台去了。而这，其实是丁大琴上台的常态，她难以克制紧张的心情，总担心自己出错。

寒假到来，临近春节，丁大琴与另外一个老乡同学跟着学院创始人到湖北电视台去录制第十届中国农民春节联欢会。他们在后台的化妆室里换上红色的厨师服上衣，围了黑色的围裙，上头印着饮食文化学院的图标。丁大琴戴上黑色的汗巾站在镜前整理，很快就被带到演播厅里熟悉流程，进行彩排。电视台的演播厅比学校的元旦晚会教室大上好几倍，有来自五湖四海的表演人员，丁大琴抱着一个小龙虾状的铁制托盘，安静地坐在同学身边，等待主持人唱着《吃虾子》，带着两只穿着印有"潜江龙虾学院"字样的玩偶服的"小龙虾"从台上下来，走到学院创始人身边提问。丁大琴并没有需要回答的问题，主持人采访的是自己身边的同学，但她仍旧止不住紧张，她想到自己的脸就要通过电视台播出，要上电视了，一股难以名状的激动之情升腾而起。待到正式录制时，丁大琴手上的托盘变成了油焖大虾，身边的同学托着一盆蒜蓉虾，他们将要作为中部的龙虾饮食文化代表，端着这两道菜上台去。

录制正式开始前，化妆师给丁大琴化妆。怕破坏丁大琴的底妆妆面，她的小拇指始终戴着一块粉扑，再以此为着力点给丁大琴画眉毛。不同于丁大琴用眉粉和纸巾的朴素的画法，化妆师用眉笔顺着丁大琴眉毛的毛流一笔一笔地画，画成两道深棕色的弯眉。她给丁大琴上了哑光的大地色眼影，画下眼影时，丁大琴听从吩咐睁大眼睛往上看，显出两条抬头纹。口红也不含糊，化妆师用唇刷细致地描绘丁大琴的唇形，用了一个有点深的豆沙色。眼影是丁大琴平时化妆从来不用的。她与化妆师交流起哑光和珠光的问题，哑光口红则正是她平时惯用的类型。丁大琴对于妆面并没有什么意见，唯有在发型上提出了明确的要求："一点头发都不留。"当然，并不是剃光头，而是说刘海。在学校里，丁大琴的头发由于还不够长，扎起来也总会掉下来，平时倒还好，考核需要戴厨师帽时就比较麻烦。她不是嫌从厨师帽里跑出来的几缕头发不好看，而是时时想起老师说的："最好不要有头发在外面。"按照丁大琴的要求，化妆师把她的短发扎到脑后，将尾端折进去，询问高度是否合适，她点头，化妆师便又把落在脖颈和额头两边的碎发往上撩，喷了定型喷雾，又别了两根黑色发卡。因怕不牢固，化妆师用手挡在丁大琴额前，又多喷了几下，丁大琴的头颅形状在这样的固定下显现出来，圆圆的，看起来和厨师帽很配。给丁大琴化完妆，化妆师又赶着给下一个表演者化，丁大琴坐在镜前，靠近镜子看自己，与自己平时化完妆不太一样。化妆镜的周围围着一圈黄色的灯泡，暖烘烘的灯光笼住她，罩住了她的彩色格子呢大衣。

丁大琴依旧给自己戴上了那对宝石蓝的耳钉，这对耳钉是她男朋友送的圣诞礼物，当时一起送的还有两颗苹果。那两颗苹果已经下肚大约半个月，只剩这对耳钉陪伴她出入考场等重要场合。他们是第五个节目——东西南北中·"农农"的美味，台上除了小龙虾，还有土豆、大蒜等农产品。她忐忑不安地听主持人介绍相关的知识，尽管彩排时已经听过几遍，但还像第一次听那样，站得拘谨而笔直。终于结束了，丁大琴跟在学院创始人身后下台。她回到化妆室，给自己下班不久的母亲打电话，告诉母亲自己来电视台录节目。母亲以为她参加的是什么比赛，问她的名次，她解释自己只是代表学院来做宣传。她的母亲对此好像不太关心，只问她晚上住哪儿、晚饭吃了什么，丁大琴一一回答，想给母亲看看自己今天的妆容有什么不一样。但不知是时间太久脱妆了还是周围的光线过于昏暗，母亲问："啊？化妆啦？"母亲没有看出丁大琴今天画了眼影，也没有看出眉毛的形状有什么大的不同，她担心丁大琴今晚没有住酒店的钱。丁大琴连连保证没什么问题，她才撇开话题。丁大琴的母亲像很多的母亲一样，关心孩子的吃住，对于丁大琴正在做的事情，这件事情有什么重大的意义，却可能不甚了解。但家人之所以是家人，是因为哪怕了解得不够透彻，也仍能感受到爱的联结。丁大琴已经订了第二天九点出发到广州去的车票，大约在晚上八点就能抵达。这次通话，母亲没有开灯，丁大琴依旧没能在屏幕中看清母亲的脸，但越过这一个黑夜，她将在下一个夜晚端详母亲真切、触手可及的面庞。

　　丁大琴没想到的是，她在广州一待就是五六个月。由于疫情，学校开不了学，丁大琴与父母相处的时间突然变得前所未有的长，虽然一家都聚在一起的时刻并不多。丁大琴的母亲几乎不识字，跟家里的几个亲戚都在广州当环卫工人。丁大琴很喜欢母亲好学的样子，有时候，母亲有不懂的字就会来问她，母亲聪明，几个字、几个字地学，日积月累，认识的字多了起来。过去家里条件不好，丁大琴的父亲也没怎么读过书，如今在制门厂工作。夫妻两个都忙碌而辛劳，租的房子又远，时常就各自在单位提供的宿舍睡下，不怎么回去。于是，丁大琴有时去看看父亲，有时去看看母亲，直到第二学期开学，才又重新回到潜江，开始她的大三生活。

到上海

2020年的9月，丁大琴到了上海。学校给了他们一些实习单位作为选择，大多数的同学去了武汉，算上她，来上海的只有五个。实习的店坐落于一个人流量不是太大的商场，后头就是酒吧一条街。说是酒吧一条街，其实什么店都有，日料店、西班牙餐厅……单是他们店，跟酒吧相比，就显得过分养生了。

这是一家猪肚鸡火锅店，看起来跟小龙虾没有半点关系。

丁大琴对店里的汤底很有自信："咱们家的汤还是很鲜的。"她说。

在店里，丁大琴主要负责后厨的工作。后厨分蔬菜、水发、海鲜、刨肉和煲仔五个岗，丁大琴刚来的时候先在蔬菜岗实习了一阵。蔬菜岗的工作内容主要是清洗蔬菜，给蔬菜称重并且摆好盘。听起来很简单，但丁大琴头一个礼拜就已经感到崩溃。各个岗位设在明档区，蔬菜摆好盘就放到身后的保鲜柜里，保鲜柜的冷气缭绕，打在蔬菜叶子上。没有一片是在"盘"外头的，这是他们的摆盘要求。其中，有一种盘子比较特别——把树干锯下来，再慢慢打磨成篮子的形状。这篮子是用来装蔬菜拼盘的，好看是好看，但下菜时不大实用，摆盘时也难一些。店里的消费高峰期通常是在上午十一点和下午六点，丁大琴早上九点半到店，争取要在十点半之前备好料，比如杏鲍菇提前就要切成片，否则下午就来不及。丁大琴起初不熟练，感到灰心，还因此找厨师长谈过，厨师长给她的建议很实在，就是不够努力，还没到熟能生巧的程度。丁大琴听了，觉得是这个理，也就埋头苦干去了。而带她的阿姨已经在蔬菜岗干了一年多，说丁大琴学得快，灵活性很强。

现在，丁大琴被调到了煲仔岗，主要是做煲仔饭的，也需要兼顾糙粑、油条酿虾滑和小蛋糕这几样点心类的菜品。一般在上午十点半之前，丁大琴就泡好了香米，烫好了青菜，分好了腊肉和腊肠，切好了姜丝与蒜末。而糍粑和油条酿虾滑由于是半成品，只需要在盒子里装好，蛋糕则更简单，不必准备，从包装中拆出来，放到白色的小瓷盘里就可上桌。有时客人来得很早，他们十点半开饭，客人已经来占座了。这时，也就只好匆匆地扒两口饭赶紧上岗。忙碌的状态要一直持续到下午两点。午饭的高峰期过去了，留下几个人值班，其他人才能拿到手机，享受一个半小时的自由时光。三点半一到，店里又开饭了，丁大琴和同事们排着队从他们工作的窗口领走自己的那份，简单吃过，就得换上工作服，开始下午的例会，中间的间隔还不到半个小时。主持例会的通常是他们的副厨燕姐，她检查着装，提出问题，很有凌厉的气势。丁大琴是十几个后厨员工当中唯一一个年轻女性，燕姐这样的发展路径也是她想学习的，她说："就很厉害。"说完问题，有时还要做做游戏、喊喊口号来给他们提神。但也有例外，周末一忙，连例会都不必开，直接就到明档区去做准备工作。进去之前，一定要戴上一次性的头套，塞好头发，并且洗手。

　　客人到来之前，丁大琴并不算忙。由于早上的工作做得差不多了，现在只要把准备好的香米、青菜、腊肉腊肠和姜蒜摆上台，半成品则放到油炸机旁边。把锅和餐盘端过来，静待客人下单。不是周五、周末的时候，丁大琴在六点之前，更多的时间是站着发呆或与一同做煲仔饭的同事聊上几句。透过透明的玻璃，丁大琴也可以看到刚来不久却常常跟她待在一起的服务员小同事，留着利落的短发适应新生活。

　　煲仔饭设了十个灶，最忙的时候可以全部用上。单子一来，丁大琴便要在锅里装上香米，加水，开火，等饭蒸得差不多了便放入腊肉腊肠和姜丝，并淋上一圈花生油。盖上盖子，继续等待。第二次开盖时，饭已经基本蒸好，放一根烫熟的青菜，淋点猪油，盖上盖子，用砂锅夹夹到浅口的竹篓里，就可放到窗口的台上，配上一碟特制酱油，等待服务员端走或放到自动上菜机上。对于煲仔饭里的锅巴，不同的客人会有不同的要求。年轻人有的爱吃锅巴，丁大琴就煮久一点；老人牙口不好，常常要求锅巴少一点，丁大琴第三次盖子一盖就从灶上把饭拎起来了。除了煲仔饭，她最经常做的是油条酿虾滑。这可以算是店里的特色菜。在油条上放虾滑，入锅炸上大约三十秒，就可捞出。一盘有七个，黄澄澄的油条配上虾肉，再在中间放置摆盘花，确有令人食指大动的配色。但让丁大琴来点菜的话，她会点火锅料一类的，诸如鱼籽福袋、蛋饺，再配上几盘牛肉和蔬菜，就十分满足。

丁大琴一个月有四天的时间可以休息。但到上海已经半年多，她却还没怎么去逛过。和同事调休的时间很难得能刚好碰上，一个人休息的时候，丁大琴总是在宿舍待着，但待上一天她又觉得压抑，吃饭的时候便出去走走。店里给他们在附近安排好了宿舍，三室一厅，靠近七宝老街。丁大琴有时自己去逛，从铺满石板的桥上走过，从挂着红灯笼的街边走过，最后又晃回了宿舍。有时候，她也去找姐姐，一个月少则一次，多则两三次。丁大琴刚来时，九点半下班，收拾好卫生已经十点，回到宿舍一累就懒得护肤，加上烟熏火燎，长了不少闭口粉刺。姐姐是做美容养生的，一看她的脸，就控制不住要给她挤饬，针清疼得她快哭出来。但好在，收拾了一番，那些粉刺再没找上门。除此之外，姐姐对她的眉毛也不甚满意。她总是对丁大琴说："一个女孩子，怎么都不懂得好好收拾自己？"于是，她带丁大琴去做了个韩式半永久的眉毛，比丁大琴自己画的要强得多。她的短发蓄成了长发，盘成丸子头，春天穿一件浅蓝色的牛仔外套站在风里，确实更有姐姐总说的"女孩子"的样子。

对于上海的印象，丁大琴没怎么细想，就感觉是"魔都"，她笑着说："纸醉金迷。"在这里，她并没有见过传闻中那些月薪三万的学长学姐，只知道他们可能是去了广州、成都等城市。姐姐在这里定居，孩子已经六七岁，仍在奋斗。丁大琴开始思考，自己将来怎么发展。她在招聘网站上找到了中医养生的工作，跑到市中心去面试，又在假期到外地参加培训。虽然丁大琴学的是小龙虾，但药食同源，她大学时又考了营养师资格证，还是能做食疗这一类的工作的。实习一个月的工资差不多能有四千元，不用负担食宿费的丁大琴攒下了一笔钱，够自己的生活和培训了。临近毕业，班里许多同学对烹饪行业的喜爱可能已经消逝。当初抱着一腔热情从幼教专业转到烹饪的女同学在实习之后已经放弃，准备回家继续自己的舞蹈事业，而丁大琴也正在面临选择。她无法完全无视女生在后厨的劣势，也需要考虑当了厨师以后，是否能忍受每天下班后满身都带着油烟味的问题。在丁大琴看来，中医养生有大好的前景，通过培训，她掌握知识与技能后，岗位会不断上升，从营养师到管理层，最终自己开店，有完整清晰的轨迹可寻。但这并不意味着丁大琴的烧虾师梦想或者对烹饪的热爱是假的，她只是，像大多数年轻人一样，面对前路仍旧迷茫，并且：

——拥有试错的权利。

仔细观察，龙虾生态城并不总是晴空万里，有时会罩着灰色的雾气，但校门口那只小龙虾雕塑依旧坚挺，钳子上的每个小刺都生动而活泼。现在的丁大琴可能尚不足以成为那只小龙虾，但她很像那些小刺，面对灰色，仍顽强、坚韧。

当下，面对全面建设社会主义现代化国家的新征程，职业教育被赋予了时代的重任。近年来，职业教育的发展规划愈发清晰。2014年，国务院出台《关于加快发展现代职业教育的决定》，进一步明晰了现代职业教育体系的内涵和特征，并提出了建设目标。2019年，《国家职业教育改革实施方案》的颁布，则为中国职业教育体系的发展谋划了新的方向。

在各项政策的推动之下，中国的职业教育有了长足的进步和发展。数据显示，各级各类职业院校每年培养毕业生约1 000万人，在现代制造业、战略性新兴产业和现代服务业等领域，一线新增从业人员70%以上来自职业院校。我国技能人才已超过2亿人，占就业总量的26%。并且，在职业院校中，70%以上的学生来自农村，许多来自贫困家庭的学生通过职业教育实现了更好的就业，解决了个人、家庭的贫困问题，职业教育在脱贫工作方面发挥了重要作用。但是，中国职业教育还存在一些问题，发展面临"瓶颈"。在全国超2亿的技能劳动者中，高技能人才为5 000多万人，仅占技能人才总量的28%，与当下对于高素质技能人才的需求还有差距。此外，职业教育与普通教育在社会观念中仍旧不能取得平等地位，各项政策的落实客观来看也还有不到位之处。

2021年4月13日，全国职业教育大会在北京召开，为职业教育的发展指明了方向，也明确了目标。"职教20条"出台后，职业教育的定位类型得到明确，职业教育的受重视程度将进一步提高；职普融通将进一步推进；职业教育服务产业发展的能力将进一步提升；职业教育将更加注重培养实践能力；职业教育改革突破将会进一步推进。职业教育需要社会各方面合力来完成，它的改革和发展，关乎国家、社会，但归根结底，是关乎人自身。在此过程中，许许多多的人因职业教育的发展而发展，最终又反过来推动了职业教育的发展，相辅相成，彼此交融。

参考文献

1. 2020中国小龙虾产业发展报告.中国水产，2020(07).

2. 中国小龙虾产业发展报告(2018).中国水产，2018(07).

3. 小龙虾为什么会红遍全国 你是否抓紧了这个商机?(上).渔业致富指南，2017(09).

4. 边隽祺.货币上的标志 药方里的常客 当小龙虾爬上中国人的餐桌之前.国家

人文历史，2018(14).

5.一只小龙虾.中国小龙虾简史.地球知识局，2019-05-26.

6.朱德全，石献记.从层次到类型：中国职业教育发展百年.西南大学学报（社会科学版），2021，47(02).

7.丁雅诵.推进职业教育高质量发展.人民日报，2021-02-26(007).

8.胡浩，翟永冠.新闻分析:全国职业教育大会释放了哪些信号? 新华网，2021-04-13.

9.侯甜.我国职业院校毕业生累计超2亿人：中职毕业生就业率高于高职高专.光明网，2020-10-29.

返 乡

广西·宾阳

"姑娘，要票吗？"

一个五十多岁的阿姨穿过人潮汹涌的车站，挤到林海莹身边，压低声音问道。

"多少钱一张？"

2004年1月21日，腊月三十，节气大寒。清晨6点，没有买到回家车票的林海莹，决定再度到大巴车车站碰碰运气。这是她独自在外打工的第一个春节。年仅二十岁的林海莹没有经历过春运的人流，甚至不知道回家需要提前抢票。

"360。"

"那么贵？惠州到宾阳的车票不是一百多吗？"

"车站早没票啦，这是私人老板的车，过年能有票回家就不错啦！"阿姨有些不耐烦地解释道。她指着不远处停在路边小巷的大巴车，催着林海莹问："走不走？一会儿也没票了。"

林海莹快一年没有回家了，她鼻尖一酸，一个人在异乡打工的孤寂涌上心头，自己还从没有离家这么久。想到举国团聚、阖家团圆的日子她却要独自滞留异乡，林海莹狠了狠心，掏出钱递给阿姨，跟着她朝小巷走去。

阿姨让她跟着一个阿叔进大巴车附近的屋子里候车。屋里暗暗的，刚一进门，林海莹就被阿叔关在一个伸手不见五指的小黑屋里。

"去，蹲那儿，别说话。"阿叔凶狠地从背后推了林海莹一把。等她的眼睛适应了黑暗，发现墙角蹲着二十来个跟她差不多年纪的女孩。

"阿叔，我是乘车……"林海莹的话没说完，就被大叔喝止了。"让你蹲你就蹲着，别废话。"林海莹的脑袋"嗡"的一声炸开了，她突然意识到，自己似乎上当了。屋内的压抑气流让林海莹感到害怕，她只好战战兢兢地朝墙脚挪去。

"这是怎么回事？"林海莹想要悄悄地问一问身边的姑娘。"让你闭嘴！"凶横的大叔拎着棍子作势朝林海莹走来，她吓得紧紧捂住自己的嘴巴，眼睛里渗出惊恐的泪光。

　　不知蹲了多久，她感觉自己的腿脚早已发麻。终于，中午的时候，屋内的二十几个姑娘被一起带上了大巴车。林海莹心中暗吁一口气：可能是私人老板怕大家吵闹，所以希望大家候车的时候老实一点吧。女孩子们乖乖地背着行李，排队上车落座，车子终于启动了。

　　事实证明，林海莹太天真了。一路上，大巴车丝毫没有停站的意思，车上几位凶悍的阿叔阿姨依旧用恐怖的气氛压制着大家。林海莹和车上的姑娘们都没有手机，她们无法与任何人取得联系，被恐惧冲昏头脑的年轻姑娘们只能机械地听着指挥，丝毫不敢作声。林海莹的心里一团乱麻，孤寂与害怕的心情在胸口交织，她好希望自己此刻正坐在回乡的大巴车上。她想起长辈曾说过同村有一个外出打工被拐卖、至今没有归家的姑娘，她红了双眼，简直无法呼吸。

　　她想，拼了命也要找个机会逃跑。

　　晚上八点，大巴车终于停靠在了某个停车场里。阿叔阿姨催促大家下车，给她们买泡面吃。心惊胆战了一整天的林海莹和姑娘们早就饿晕了，她们老老实实地跟着队伍下车。

　　下了车的林海莹留了个心眼，四处张望着。这时，一个熟悉的身影从林海莹面前走过，她眼前一亮，心怦怦直跳，一句"救命"几乎要蹦到嗓子眼儿——她认出了自己的远方表哥。远方表哥开货车运送纸巾，正好从广州回来，在这个停车场休憩。下一秒，林海莹想也没想就冲过去拽着表哥的手，如同抓住一根救命稻草，眼泪瞬间崩流："我被骗了，快点带我回家。"

　　有个阿姨看见林海莹逃走，正想呼喊，却看见林海莹表哥的同伴从车后走了出来，阿姨见林海莹身旁有两名年轻力壮的男人，只得偃旗息鼓。

　　就这样，林海莹幸运地逃离了虎口。她至今不敢想象，如果没有碰到表哥，自己的命运会变成什么模样，更不敢想象那一车年轻的少女会遭受怎样的命运。

　　表哥把林海莹送回到广西南宁市宾阳县新桥村的时候，已经午夜十二点了。耳畔是喧闹的鞭炮，头顶是绚烂的烟花，在这个举国欢庆、辞旧迎新的除夕夜，林海莹刚经历了一场生死历险。年轻的她浑身发抖，扑到母亲的怀抱里痛哭了一场。母亲的体温与熟悉的味道渐渐安抚了这颗受伤的心，林海莹借着自己怎么也止不住的泪水，希望这场恐怖的脱险经历像丢弃在大巴车上的行囊那样，随着转瞬即逝的烟花和一去不复返的流水，一同消失在记忆里。

　　林海莹回想起这个颠簸的夜晚，觉得是自己在外地打工的生涯中，最孤独的时刻。

在外务工

　　2003年春天，即将中专毕业的林海莹，跟同班的六位女同学一起，坐着公司派来学校接送的专车大巴，前往位于广东省惠州市的三星电子厂。

　　这是二十岁的林海莹找到的第一份工作，待遇还不错。实习期一个月800元，转正之后就能拿到1 200元，包吃包住。林海莹的家境不好，父母都是在家务农的农民，家里却有四个兄弟姐妹嗷嗷待哺。原本成绩不错可以读大学的林海莹，因为父母供不出她的学费和生活费，只得到中专读书，父母希望她能早点毕业赚钱，补贴家用。

　　公司到学校里来招工时，林海莹觉得三星名气大，工资又高，而且上班的地方在广东。她从没有出过远门，在她的想象里，广东所有的地方应该都是广州、深圳那样的大城市，她可以像电视剧里演的那样，从广西的小村落来到广东的大都市，每天穿着职业装，背着小包包上班，坐在办公室里，不用风吹日晒——"活得多威风啊！"

林海莹望着车窗外被大巴车甩在身后的连绵起伏的群山，决定到惠州以后，一有时间就要去看海。她早就听说惠州的大亚湾很有名气，是广东省沿海最优良的海湾之一，她仿佛已经可以看见"蓝色的大海上，扬着白色的帆。金红的太阳，从海上升起来，照到海面照到船头……"

然而，青春的梦想和残酷的现实之间产生了巨大的落差。

当林海莹坐到车间里才明白，自己充其量只是一枚流水线上的"螺丝钉"。工作是两班倒，她们常常在车间里一坐就是十几个小时，重复着检查随流水线转到自己眼前的电路板，然后将其中有问题的电路板取出来。在一条流水线长龙上，从头到尾，其中任何一个环节没有跟上，整个流水线就会被卡住，她们就会挨拉长的骂。

最忙的时候，前一晚加班到午夜十二点，第二天七点又要上工。连续工作十几二十个小时的机械与枯燥，让林海莹和她的同学们倍感失望，她们逐渐意识到，自己理想中的都市日常生活正陷入一场丧失自由的麻木中。没过多久，一起出来闯荡的同学们就分道扬镳、各自奔走了——有的回到家乡结婚生子，有的被其他亲戚朋友介绍了新工作；只剩下林海莹一人选择留下来，继续在一群陌生的异乡人中独自谋生。

"自己能赚钱为爸妈分担，是很喜悦的。终于不用依靠别人了。"家境不好的林海莹为了读书，曾向自己的舅舅、姨妈、伯父都借过钱，加起来有一万多元负债。不想再欠钱的林海莹十分珍惜自己的工作。尽管工作的环境跟她想象中不同，但这种每个月都有收入的生活，以及自己也可以赚钱还钱的骄傲，让林海莹由衷感到快乐。她想做一个独立自强的女生。

她还记得自己喜欢看的台湾偶像剧《舞动奇迹》中的小爱，尽管家境困顿，依旧为了实现跳舞的梦想努力坚持、执着奋斗。那种即使遭遇再大的困难也总能用笑容替代泪水的正能量也激励着林海莹，她想，先努力工作、好好赚钱，人生的梦想总会实现的。

夜深人静的时候，孤独的感觉不时袭来。与家庭、朋友的分离让她感到无所适从，周围只有她一个广西人，她胆子小，不喜欢社交，也不愿独自出门，看海的愿望更是被无限搁置。她只能在白天更加拼命地工作，甚至两三个月连续上班不停休。太累的时候，林海莹还会产生一些自怜的想法："如果读了大学，可能命运就不会这样。"

整日把自己圈禁在工厂生活的林海莹，隐隐觉得自己被丢入了一个巨大的旋涡之中，悲观的情绪悄然滋生，她开始意识到，赚钱是重要的，可亲人朋友的陪伴，对她来说似乎也很重要。

此时，一场无心插柳的馈赠正等待着林海莹。

一天晚上，林海莹照例值着夜班，突然发现电路板上的 IC 芯片有问题。虽然这并非自己负责检查的范围，但林海莹知道这种错误已经属于重大生产事故，她急忙跟拉长汇报，已经生产了两千多个成品电路板的流水线被立刻叫停。第二天，车间主任召开了全体员工大会，公开表扬了林海莹的细心负责，为工厂阻止了极大的损失。没过多久，林海莹被破格提拔为车间组长。

一个组长要负责五条拉，一条拉上有二三十个普通工人。直接从普通工人越过拉长，升为组长，林海莹只花了半年的时间，工资也涨到了2 000元。林海莹重新感受到奋斗的动力，离家的心酸与孤独的情绪被物质带来的激励掩埋，她已经可以每个月向家里寄1 000元补贴了，林海莹似乎重新看到了生活的希望。

2003年9月，升职后发的第一笔工资，林海莹给自己买了一套小西服。她抬着头、挺着胸，穿着雪白的白衬衫与熨帖的黑西装，站在惠州的街头，请别人给自己拍了一张彩色照片留念。这辈子唯一一张穿着正装的照片，是林海莹送给自己的礼物，也是对未来生活的期许。就这样，单纯的林海莹每日沉浸在工厂的机械工作中，直到过年。

事实上，从广西学校直接被包车送到广东工厂的林海莹，整日与机械打交道，缺乏生活的基本常识，甚至不知道自己该如何回家。等她得知放假的具体安排，再打听回家需要乘坐的车次的时候，春运的车票早就被抢售一空了。

谁也没想到，林海莹会在第一次坐长途车就遭遇开头的那一幕，而那一张身穿西服的照片，竟成了林海莹对都市白领女性美好幻想的告别。

被迫留乡

回到家的林海莹被父母关了起来。

林海莹的父母万分心疼女儿的遭遇，不想让林海莹再出门打工了。母亲满是沟壑的脸庞里满溢着对孩子的担心，她对林海莹说："赚不到钱，我还能见到你这个女儿。钱不钱的，无所谓。"在生命之忧面前，一切都显得那么微不足道。父母把林海莹的身份证藏了起来，哪怕惠州三星电子厂的领导打了好几次电话来做思想工作，他们还是坚决不让林海莹回到惠州上班。

林海莹虽然感到后怕，也从此对任何陌生人都十分警惕，可对未来的期许与对梦想的热情，还是让她忍不住想回到外面的世界闯荡一番。

彼时，广西农村的大部分年轻人，宁愿抛下家中的田地，也要选择离家务工。在他们眼中，"脸朝黄土背朝天"的务农生活是最底层的耻辱；更重要的是，辛苦劳作一整年后，也未必能获得多少收成，种田的收入远不及打工的收入。靠父母在家种稻谷的那点收入，只能填饱一家人的肚子。更何况，林海莹还有两个弟弟要上学。

可林海莹实在想不到自己留在家乡能做些什么。农村的大部分土地都丢荒了，只剩下一些孤寡老人还在零星耕作着少量的时令蔬菜，供养自己的基础生活。让她下田干体力活，再怎么努力也干不过男性。被父母关在家里一个月后，林海莹开始生病，她吃不下饭，睡不着觉，内心十分复杂。

她觉得自己与理想中的自己正隔着无数道鸿沟，无论如何努力也无法填平，她隐隐感到绝望，甚至开始责怪命运的不公。整日闷在家里的林海莹陷入了人生的低谷，情绪接近崩溃的边缘。

终于，母亲答应林海莹到十公里外的镇子去散散心。

在街上闲逛时，林海莹看到了一则轧钢厂配电站值班员的招聘启事。林海莹在中专学的是电气自动化，她觉得专业还算对口，尽管一个月只有600元的工资，总比一直闷在家里强。回来后，她给母亲做思想工作，想要拿回身份证去应聘，母亲却还是担心林海莹想偷偷逃跑。

"你不相信，就陪我一起去应聘。到那里了再把身份证给我，你在外面等我，我应聘出来再把身份证还给你保管。"林海莹只好把话说到这个份儿上。

"那好吧，我明天跟你一起去。"

第二天，林海莹的母亲果然陪着她一同前往，林海莹进工厂面试，母亲就在外面打听。在家附近做工，周围的街坊也都对公司知根知底，林海莹的母亲这才放下心来。

就这样，林海莹开始了在家附近的工作。进厂没两个月，林海莹现在的丈夫梁汉盛闯入了她的生活，并主动追求她——"（他）约我出去玩，我刚开始都没怎么理他，还是想赚钱，后来就被感动了。他这个人，做工挺勤快，嘴巴不会说，但是行动能让我感到生活的希望。"

　　2005年，林海莹与梁汉盛开始恋爱。爱情的浪漫带给林海莹许多慰藉，林海莹渐渐卸下了对这个世界的防备。她无法忘怀那些相处期间的感人时刻——有一次，林海莹看中了一条标价四百多的裙子，但这个价格对于月收入仅600元的林海莹来说，实在有些超过心理预期。梁汉盛执意要给她买下，林海莹则一面嘟囔着"太贵了，太贵了，也没那么好看"，一面把梁汉盛拉走了。谁料情人节那天，梁汉盛竟然把那条裙子作为节日礼物送给了林海莹。

　　林海莹当场换上了那条裙子。看着自己身上这条心仪却不舍得买的裙子，感性的林海莹流下了感动的热泪，她觉得跟梁汉盛在一起，理想的生活，似乎努力够一够，总可以够到。这些生活中细小的行为，代替不善言辞的丈夫说出了他对她的感情，林海莹的眼里闪着光亮，"我觉得他知道我想要什么，知道我喜欢什么，他是一个很懂我的人，我觉得非常幸福和感动"。

　　2006年，林海莹与梁汉盛准备结婚，结婚的彩礼只有2 000元。梁汉盛家境也很清贫，家里只有一个土房，还要兄弟几个人分。林海莹没有嫌弃或不满："给多少就多少，既然爱这个人，那就一起同甘共苦吧。"

　　有一阵子，两个人为了省钱，日子过得非常拮据。梁汉盛一个月能赚2 000元，加上林海莹的600元，两个人的月收入加起来不到3 000元，他们还要在外面租房住，也要给家里补贴一些。情人节当天，梁汉盛却意外地带林海莹去吃了一次渴望已久却舍不得下手的"大餐"，近300元。

　　不论是给林海莹买下一直舍不得买的裙子，还是带林海莹去吃一顿舍不得吃的美食，两个贫穷的人向着共同的目标一点一滴努力奋斗，生活就有了奔头。"虽然发不了财，但我们的生活会一天比一天好。"林海莹总这样相信着。

　　2008年，林海莹的孩子出生了。孩子出生刚53天，林海莹就结束了自己的产假，回到工厂上班。早些时候，林海莹担心两班倒的作息和工厂的噪声对孩子有影响，请了一年的产假，因此孩子刚生下来不久，她就得立马回到工厂上班，减轻梁汉盛的工作负担。

　　孩子一直是婆婆在带，婆婆又要做农活，又要照顾孩子，有些力不从心；五个月的时候，孩子得了严重的气管炎。婆婆怕大人担心，孩子生病发烧了，却拖到很严重才跟林海莹说，等林海莹见到孩子的时候，他的呼吸已经十分困难。送到医院后，医生说需要紧急住院，医药费高达8 000元。林海莹着急得心都要碎了，她开始张罗着向亲戚朋友借钱。

　　重新借钱的感受，唤起了林海莹年轻时借钱读书的心情，她开始怀念在惠州赚得的高薪。可让她这时候再离开尚未脱离襁褓的孩子和心爱的丈夫，独自背井离乡到外面打工，已经完全不可能了。

　　工厂有工作，家里有农活，还要照顾小孩和老人，补贴弟弟的生活费……生活的重压下，她清晰地意识到，如果再加上一条与家人分离的苦楚，自己肯定是无法承受的。在南宁，真的很难找到既可以多挣些钱，还能同时顾家的工作。为此，林海莹日夜都盼着自己可以在家乡找到一份更合适的工作。

　　2014年，林海莹日思夜想的期盼终于实现了。

重回农田

　　2014年，林海莹来到武鸣，成为南宁市武鸣区双桥镇伊岭村的一名火龙果女工。在林海莹的想法中，只要能有一份既能养家糊口也能陪伴在家人身边的工作，哪怕累一些、苦一些，她都不介意。现在，她不仅拥有了工作，这份工作还远远超出了她原本的预期。

　　"就是晒了点，其他都很好。"烈日当空，火龙果枝条和阳光一同如瀑布般倾泻而下。农田的劳作使原本闷在室内工作的林海莹晒黑了，她对农业的看法也发生了翻天覆地的变化——火龙果田间的工作，让她学会了欣赏更多元的美：风景美、劳动美、心灵美。她戴着自制的遮阳帽，依旧笑意盈盈："你没有经历过在外面打工的生活，就不知道在家门口打工是多么幸福的一件事情。"

　　每天早晨七点半，林海莹骑着自己的电瓶车，准时前往佳年火龙果科技示范园，她将在这里开始自己一天的工作——十一月底的这几天，她的主要任务是给火龙果摘花瓣、盖防冻膜、除草。

　　"只有摘取这些花瓣，结的果子才会大。"扎着丸子头、戴着遮阳帽、穿着红粉色格子衬衫、套着蓝袖套和长雨鞋的林海莹，边麻利地工作着，边解释道。按照公司的规定，林海莹左手拎着白色的塑料桶，右手将摘下来的花瓣丢在桶内。"不能扔在地上，花瓣腐烂后会有细菌，会感染到果，会烂。"经过培训后的林海莹，俨然一个种植火龙果的专家。

　　"我们主要管理果、花和枝条，水肥不用我们做。"她指着地上一根埋在泥土里的黑色的管子解释道，"地上埋有滴管，每30厘米开一个小洞，水溶性肥料就可以通过管道滴肥。”

火龙果基地采用的管理模式，是以“农业生产工业化”的创新模式来发展现代农业。公司借鉴多年的工业管理经验，将工业化的经营思想、管理手段、组织形式、营销手段引入农业生产领域，用于指导农业生产发展。林海莹介绍的这种滴管，叫作“水肥一体化”喷滴灌系统。除此之外，公司所有火龙果田块均采用统一的设施栽培技术，均配套抑草膜、物理防虫灯等标准化设施。

中午十二点，是大家的午休时间。

聚在凉亭里吃饭的林海莹和身边的工人们闲聊，这些人多数是从附近的村落里赶来打零工的农妇。火龙果基地为提高劳动力的使用效率，因地制宜，采用少量像林海莹这样的正式工与大量的临时工组合的用工模式。农户家里有空闲就可以来做帮工，忙的时候可以优先照顾自己的家庭，这种短时计件的工作，尤其适合需要边带孩子边做农活边工作的农村妈妈们。

“一天130块。”一位侧扎麻花辫，反戴太阳帽的阿姨解释着自己的工资。“工种不一样，有些一天200块，300块的也有，那个要做12个钟，”另一位夹杂着些许白发的短发阿姨噘着嘴插话道，“干一天赚一天钱，自由一点，年纪大了，去不得远了。”她们吃着早上从自家打包带过来的盒饭，就着青菜炒肉，喝着粥，用家乡话互相交谈着现在家乡的变化：“以前住瓦房，现在住楼房，变化还不大哇？住房补贴，政府给哦，现在各个都有啊，老人都住平房啦。”“种水稻不得钱啊，光种地，一年不到一万块，出来打工，一年得三万。”“以前农民做工苦一点，现在有老板，我们生活比以前好，有气力就得了。”“老板捞大钱，我们捞小钱；只有老板赚钱，我们才有饭吃呐。”阿姨们你一言我一语，开心地笑了起来。

在林海莹看来，与之前的农耕种地相比，在火龙果基地做工，最大的改变体现在两方面。一方面是操作更加科学：“比如剪芽，要平剪，左边一刀、右边一刀，然后放到垫有海绵垫的框子里。”从剪、摘到装车，所有的步骤都有标准的流程。每一位在此务工的农民都要先进入公司设立的培训学校学习，经过合格的培训后才能上岗。另一方面体现在规律的作息："中午可以休息，做自己的活，自己不舍得休息，在这里安排你休息，你就休息。刚开始不适应，后来就慢慢习惯了，有一个时间规律。"

在广西佳年农业有限公司的总经理钟林看来，让农民适应企业化的管理，的确需要一个过程。为此，他们在前期阶段，请工人在掌握生产规律后，整理出一整套种植技术的流程，具体规范到每个动作。"为什么要规范种植，就是采用工业的思维提高效率、降低成本。我们小到一个剪芽的动作，不同的部位都有不同的规范，包括后期种植、管理、采收，连埋柱子都有标准的流程。按流程做，就不出错。"

在工业化思维的指导下，广西佳年农业有限公司借鉴了台湾省较为先进的火龙果生产经验，推广和应用17项拥有自主知识产权、获得国家专利的国内先进的火龙果种植关键技术，主要包括：高密度水泥柱连排网状式设施栽培技术；多用途立体式防寒抗冻技术；火龙果夜间补光产期调节技术等。在种植过程中，公司基地从火龙果种植、田间管理到采收均创建并严格采用标准化的作业流程，且通过产业化发展、商品化包装、市场化运作突破传统生鲜农产品发展的瓶颈。

田间，火龙果白色的花瓣中间，透出嫩黄鲜绿的色泽，蜜蜂迎着大刺刺张开着的花朵，忙碌地采着蜜。凉亭里，微风吹过，坐着休息等下午做工的阿姨们饭毕，又刷起了抖音。再像蜜蜂一样工作几个小时，六点下班后，梁汉盛会准时在家做好了饭等她。和丈夫与孩子一起吃完晚饭的林海莹，偶尔会到村口的灯光球场上跳跳广场舞。

"现在生活水平提高了，辛苦了一天，热热闹闹开心一下嘛，现在每一个村上都有（球场）了。"面对这样的生活，林海莹不无感慨："在自己家门口做工，一年又得租金，自己又可以有工资领，又可以和老公团聚，又可以照顾老人和孩子。这样的生活，真过得挺好的。"

一片土地，三份收入

　　火龙果基地的仓库里，回响着点钞机"哒哒哒哒"数钱的声音。十几万现金齐整地码在桌上，被出纳员仔细地分派在几百个信封中。不远处，工人们有序地在红线外等候着会计的叫号，叫到哪个工号，就有工人上前签字，领走自己的工资。

　　"38，39，40……"林海莹的手指飞快地翻动着，数着这个月的工资，笑得合不拢嘴，"这个月加班多一点，领得多一点，有四千多，现在好高兴啊。"冬天来了，她准备拿这些钱给孩子买一件新衣，给丈夫买一件棉衣，然后给家里添一点家具。

　　2019年，林海莹家四层的房子盖好了。尽管只是毛坯房，还没有开始装修，提起房子的时候，林海莹仍然难掩幸福之情。

　　这些年，林海莹和梁汉盛一直在外面租房子住。刚嫁到梁汉盛家的时候，公公婆婆还住着泥房，新婚不久，他们就从存款中取出三万元，帮公婆把泥房换成了砖房，梁汉盛和他的兄弟们则一人分到一个房间。

　　经过十几年的奋斗，夫妻俩熬过苦日子，白手起家，终于拥有了自己的房子。这一切，都得益于火龙果基地在当地的建设。自2013年，林海莹家中的九亩田流转给火龙果基地，每年能得八千元左右的收入；夫妻两人在火龙果基地的工资收入，每个月合有六七千。一年下来，两个人能挣八万元，跟以前比，收入起码翻了一倍。

　　在佳年火龙果科技示范园，像林海莹这样的工人不是个例。

　　44岁的黄阿姨觉得这两年家乡的变化很大，家家户户都富裕起来了。以前，他们在地里种玉米和甘蔗，一个月的收入大概有一千多，现在种火龙果，每个月都可以收入两三千。"得闲了，又得钱。"黄阿姨一

句朴实的评价，精准地说出了附近村民的生活变化。

赵阿姨为了照顾患有先天性脑血管疾病、身体半边使不上力的丈夫，常年在家中的两亩地里种着稻谷、甘蔗、玉米，没有什么收入。现在通过把土地租给公司，同时来做临时工，一个月的收入也有两千多，补贴了大部分家用。

38岁的冯大哥家里有五个兄弟姐妹，家庭条件不好，他只好背井离乡，跑到越南种火龙果为生。现在，不仅回到家门口就可以挣钱，还见证了许多越南企业前来公司学习交流种植模式，身份的转变让他感到集约化的确更能提高产值。

技术工老王在公司工作了十年，月收入可达五千元。早年他在深圳打工，收入也就勉强维持生活，等到了结婚年龄回到家乡后，找到了现在的工作，才见识到现代化农业的发展。"之前零零散散，不讲规模，通过学习规模化的种植后，觉得管理上更科学，水肥一体，减少人工撒肥，电脑操控节省劳动力。"

对于伊岭村的农民来说，每年都可以在同一块土地上收获三份收入。第一份是土地流转资金；第二是可以继续回到火龙果基地打零工；

第三是延伸出的第三产业，比如线下的火龙果贸易和农产品流通的中间商。据统计，自广西佳年农业有限公司入驻以来，当地农民人均每年增收两万元。

从"守着一亩三分地，有地就有未来"的传统思想，到群众普遍认识到土地流转的好处；从村民普遍外出务工、土地常年丢荒，到返乡创业的年轻人越来越多……火龙果基地之所以能够建成，就是因为在土地流转这项前期准备工作中耗费了大量的时间与精力。

自土地经营权流转放活政策在中国推行以来，我国土地流转规模从2008年的1.09亿亩增加到2017年的4.79亿亩，黑龙江、山西、湖南、江西等省份2017年土地流转面积相比五年前增加40%—50%，土地流转价格也呈上升趋势。农村土地规模化、流转方式多元化带来了不同类别新型经营主体的流转绩效，为提升农业生产效率、实现农业现代化奠定基础，更大程度保护了农民权益。

事实上，火龙果基地在伊岭村的建立、农业工业化在伊岭村的推广让农民的思想与心理状态发生了巨大的转变——规范化的流程不仅转变了农民的思维，更带动了农民的认知，以前在村子里没事瞎逛的闲人，在成为工人之后，身份发生了转变，不仅学会了遵守企业规章制度，更学会了维护自己和企业的利益。

林海莹不无满足地说道："这样挺满意的，比过去好多了。以前忧这个忧那个，没钱盖房子要吵，小孩没钱读书要吵，小孩住院没钱要借，老人病了又要照顾。现在温饱已经解决了，我们过得好了，老人不操心了也好了。有房子了，接下来想买一部四轮的皮卡，不仅方便自己拉果到市场上卖，还可以给公司当临时运输工，赚点外快。下一步，可以向小康出发了。"

在林海莹心目中，理想的小康生活，就是家庭有一部小汽车，管理着小规模的果园，一家人平平安安、健健康康地生活。因为有了火龙果基地辐射带动周边农村经济的发展，这样的生活，就跟当年穿着梁汉盛买给她的连衣裙时她心里所想的那样，触手可及。

自己的果园

初到伊岭村带队考察时，到处是荒地，田间所望之处，只零星分散着留守村里的老人家种的几份杂乱的芋头田和辣椒田，连条像样的路都没有。钟林在正式运营火龙果基地前，做了二十多年的工业，最初只是想给员工做一个谋福利的农业项目，没想到这一扎入，就将他的整个人生都转了向。

在20世纪90年代之前，伊岭村一直处于贫困的状态。"六分旱地，二分山地，二分田地"的地形，在农耕自给自足的年代，属于相当恶劣的自然环境。但钟林看重的就是这块土地整合后所带来的潜力：有山有水，村落不集中，这是得天独厚的条件，可以在这里做一个休闲农业的样板。

"农民种地，一块一块的，肯定会把田埂隔开。经过我们的土地流转后，原来的三千多块地，被整合成一百多个立块，起码多出几十亩地。田垄就变成土地，实打实的，很高效。这就是高效利用土地资源。"3 050亩土地，19个生产队，3个行政村，1 600户人，一份合同一式四份，仅涉及土地流转的合同数量，就接近5 000份。

在以三十年为期限的土地流转合同中，明确约定了农户的土地以三年为一个周期，每个周期涨一次价，每次每亩涨120元。农户家的水田已经从初级租金的每亩1 600元，涨到了现在的每亩2 080元，农户在家不用耕作，每年就能从土地上净得25 000元的收入。

"老一辈农民觉得有地就有未来，在家不种也要留给下一代。一开始很多农户觉得你可能做几年就要走了，会来没事找事，小偷小摸很多。做得久了，他们知道你是真心想带动大家发展，就拥护我们了。"为打消农户不相信承包期到后可以复原土地的疑虑，钟林通过卫星定位精准记录下了原本的土地构成，并附在了合同里。在反复与群众沟通开会以及政府部门的大力支持下，目前全村只有两三户选择自己继续经营。

"自己经营也不是不支持，而是家里不在乎那一个月两千块钱。农业产业发展要靠龙头企业带动，农民参与、政府支持，龙头才能真正带活市场，带动农村发展。市场是很重要的，农民不懂，但看到我们把周围带动起来以后，觉得市场空间大了。以我们基地为核心，周围自己做火龙果的小农田也从个位数发展为三万亩。我们现在也鼓励他们经营自己的果园，只要他们的火龙果农残不超标、化肥不超标，果的品质也达标，就可以用我的品牌，搭上我的顺风车。"

2018年末，梁汉盛辞去了工作，盘下十亩土地，自己种起了火龙果。火龙果树的枝条在田间规规矩矩地排列着，硕果累累。林海莹和梁汉盛运用着从火龙果基地学来的种植技术，忙碌地收采着火龙果。

第一年的收成，亩产大概在千斤，因为只能收两批冬果。等到第二年，就可以逐步收回成本开始赢利，继续发展下去，一年可以挣十几万。林海莹把今年种植所得的火龙果，重新卖给了火龙果基地。正如钟林所说，佳年火龙果科技示范园鼓励自己的员工和周边的农户经营自己的果园，只要果的农残和土地金属含量不超标，枝条情况合格，就可以收购。

自佳年火龙果科技示范园入驻以来，累计带动区域近百户农户发展火龙果种植约3 000亩，辐射带动面积20 000亩，聘用周边农户作为季节工，最高日用工达600人次，解决当地农村劳动力2 000人就业，直接带动农民增收25 000元／户。

选择火龙果作为产业切入口，佳年火龙果科技示范园经过了不少调研与波折。钟林在回忆最开始的调研时，不无感慨："项目是最关键的，一般是先有项目再找资源，我们是倒过来的，走了很多弯路，最终在2013年确定火龙果才是我们想要的项目。种植区域的局限性决定了火龙果的产量，但火龙果的市场没有限制，（火龙果）就作为产业发展起来了。"

火龙果作为热带、亚热带水果，喜光耐阴、耐热耐旱、喜肥耐瘠。在温暖湿润、光线充足的环境下生长迅速；其茎贴在岩石上也可生长，植株抗风力极强，只要支架牢固，还可抗台风。所以广西的地理环境，非常适合火龙果的生长。《南宁日报》称，截至2021年，南宁全市火龙果种植面积已超17万亩，一举成为全国最大的火龙果生产基地。

在钟林的规划中，火龙果还有很多价值可以挖掘，比如开发火龙果宴。"花是霸王花类的，做汤、凉拌、炒菜，都很好，可以做一百多种美食。"

目前，以佳年火龙果科技示范园为代表性企业，其基地逐渐扩大发展为伊岭溪谷休闲农业（核心）示范区，示范区以"一轴八园"为主线，突出农耕体验、农业种植、夜赏火龙果灯海、花卉观赏、水果采摘、溪谷奇观、溶洞奇观等方面的特色。土地高价流转、农业产业链不断延伸……在各个示范区的带动下，南宁的现代特色农业发展已实现县县有示范区、乡乡有示范园、村村有示范点，广大农民正迎来土地红利的"春天"。

劳动耕作的每一剪子与每一锄头，都是林海莹和家人对未来的期许。夕阳西下，从火龙果田里走出林海莹一家三口，林海莹牵着孩子的手，丈夫拎着满桶的火龙果，三个人的脸上，洋溢着笑意。

灯　海

初冬时节，每当夜幕降临，月光下，基地的三千多亩火龙果田，都会亮起一排排灯光。紫红色、暖黄色的灯光成片地点缀在果园里，犹如繁星点亮了夜空。

"1，2，3，4，5，6，7，第7个装红光。"林海莹边看着技术员发给她的纸条，边顺着灯带往前数。每年的3—5月和9—12月是公司的补光调节期，林海莹的主要工作之一就是拆换灯泡。他们会根据技术员提前安排好的位置，检查灯头并装上不同的灯泡。

"冬季太阳光照少了，就用灯光模仿太阳光，同时提高温度，起到催花的作用。"林海莹说不出这项技术的专业名词，但她清楚地了解装灯的用意。这是国内的首创技术——火龙果夜间催花补光产期调节技术，通过模拟太阳光的物理催化方式，"叫醒"休眠的火龙果，以达到错峰产果的目的。

2015年，第一次装好灯的时候，林海莹没有着急回家，她和一群工人一起站在观景台上，等待着亮灯的时刻。夜风轻轻地吹过，四周一片寂静，灯光在一刹那突然亮了起来，每个人都不禁欢呼着："哇，好漂亮啊！"林海莹从来没有见过那么漂亮的灯海，她觉得眼前的这一切就像是天上的星星，一闪一闪，又像是梦境，美轮美奂。

从2016年到2019年，从200亩火龙果试验田，到1 500亩土地全部实现催花补光；从仅3.6万盏补光灯，扩大到现在42万盏的规模……火龙果灯海早已发展为双桥镇伊岭村的"网红"景点，吸引着五湖四海的游客前来观赏这份田间的浪漫。

生产上，催花补光带来的增产增收很明显，火龙果的产期可以提前至少15天。技术员介绍："没有补光之前，果园每年只能产12批果次，现在是15批，年产鲜果1 256万斤，预计一亩地可以增销一万元左右，全年产值达8 000多万元。"

广西佳年农业有限公司采用补光技术，使基地火龙果个头和甜度均优于普通产品，并能够根据市场行情调节鲜果上市时间，每亩可增产增收20%。佳年火龙果科技示范园也因此被农业部评为"热作标准化生产示范园"，是广西首家获得火龙果出口资质的"出境水果果园"，火龙果获评2017年中国名特优产品、绿色食品A级产品。

企业能有今天的发展，与政府在农业方面的支持不无关系。钟林作为地区龙头企业的负责人，对此深有体会："政府很重视，农业主管部门服务很到位。一个是土地流转政策比以前服务好，手续也到位了，现在还可以办土地经营使用权证了。第二个，可以成立示范区，这样有很多扶持政策。第三个是农业产业可以抵押融资，这个政策也比较好。"

2014年1月，国务院印发《关于全面深化农村改革加快推进农业现代化的若干意见》，"土地经营权"作为单独概念提出，标志着农村土地流转制度进入"三权分置"新时期。2015年11月，《深化农村改革综合性实施方案》指出："坚持集体所有权，落实农户承包权，放活土地经营权。"在保障各方利益的前提下，"三权分置"有利于实现各方资源优势整合与土地生存经济效益最大化。

在中央政策的支持下，武鸣区瞄准南宁休闲旅游"首选地"的定位，着眼于"产村互动，农旅融合"，以佳年火龙果科技示范园为中心，重塑了"七十二道门"壮家大院，带动当地壮文化旅游发展，共引进13家企业、4家专业合作组织，吸引21户种植大户、农家乐入驻经营，将伊岭村发展为伊岭溪谷休闲农业（核心）示范区，促进周边5 200户农户增收致富。

亲历了家乡在时代发展下的巨大变化，林海莹动情地说："坚持很重要，我觉得人活在世上，就应该用生命追求梦想。"她重新找回了自己刚踏入社会时的状态，那种对生活充满希望、对生命充满热爱、对目标执着追求的热情，激励着她迈向更广阔的天地。空余时间，她甚至自学起了舞蹈，还在午休时间，自发组织田间劳作的临时工农妇们一起跳舞。

林海莹还记得自己第一次在公司年终晚会上跳独舞《凉凉》时众人眼中的惊讶与艳羡。站在灯光球场临时搭建起的舞台上，亮黄色的聚光灯束打在自己身上，她轻柔地舞动着身子，在音乐和灯光的聚焦中，她觉得自己仿佛成了年轻时喜欢的电视剧《舞动奇迹》中的小爱，站在了世界的中央。

她听见台下热闹的欢呼与掌声，抬头看见不远处火龙果田星星点点的灯海，正呼应着舞台上直插入夜色的光束，她在那一刻明白了什么叫"众星捧月"，她的内心充满了骄傲。

"只要自己肯付出努力，就会给自己带来意外的收获。"舞蹈的爱好让林海莹的生活变得越发多姿，她在网络视频上学会新的舞蹈，就会教同事朋友一起跳，她们还一起在之后的公司年会上跳起了群舞，林海莹的人缘也越来越好。

"在城市，生活压力还挺大的，在农村倒还活得自在一点。不知道你有没有这种感觉，城市套路太深了。反正我从事农业以后就爱上农业了。以前种田是耻辱，现在发展现代农业、生态化农业，觉得也没有什么低人一等的，只是分工不同而已。（公司）做得很标准，我们员工都按时上下班，一个月三千多块工资，相当于在外面工厂打工，自己心里面挺满足的。"

连绵的群山下，蜿蜒的河水旁，村子里，家家户户盖起了新楼房。白墙红瓦下是忽明忽暗的万家灯火，幽暗的夜色笼罩着几千亩的火龙果田，整个村庄在星星点点的灯海中，一片安详。

新的梦想

　　林海莹的日子正在逐渐好转。2021年初，林海莹已经考出驾照，之前经营的10亩小家庭果园也已经开始回本，下一步，就是存钱买皮卡了。"跟我老公一起努力吧，能遇到这样的老板提供这样的机会给我，真的很感激。反正我觉得现在也挺满足的了，能够把自己另外一个梦想慢慢打开了，看到一点希望了，也挺知足的了。"是的，她的梦想蓝图又有了新变化，认真经营好自己的小果园之后，她希望未来可以逐渐把小果园扩大为60亩到100亩的家庭农场。

　　谈及在外务工与在家打工的变化，林海莹十分诚恳："没有这种团队和企业来，我们一般都往外面打工，剩下的土地又租不出去，那就丢荒了。有些人种也种不好，两个人在家，收入又不高，一个人又管不好，两个人都打工又丢荒。现在（这样）对我们农村人来说真的挺好的，五十多岁的老人在家里也能有工作了，（企业）带动我们经济发展起来，把我们农村人的生活水平提高上来。"

　　在南宁武鸣区，像伊岭溪谷休闲农业（核心）示范区这样的"大磁场"一共有19个，实现了每个镇至少创建一个示范区，创建面积达24.31万亩，其中核心区4.01万亩。培育各类经营实体82个，包括农业企业43个，农民专业合作社和家庭农场等新型经营实体39个。越来越多的农民工选择回到家乡工作。

　　夜幕降临，火龙果田亮起了星星点点的灯光，林海莹披下了日常劳作时扎起的头发，穿着艳粉色的风衣和红绿相间的花纱裙，踮着脚，在灯光下起舞。

　　亮晶晶的发卡和果园里的灯光交相辉映；黑色的尖头高跟鞋踩在

泥土里，轻柔地打着转儿；旋转的裙摆下飞出一群花蝴蝶，落在道路两
旁伸出长长绿枝条的火龙果树上……林海莹一手搭在肩膀上，一手前后
摇动，婀娜地摆动着身体，脸上不时地浮现出羞赧而快乐的笑意。在一
片红与绿的海洋中，她的眼神里重新透射出年轻时那种对未来的无限
憧憬。

　　"希望有一天能和老公去旅游，去看海，看大海。"尽管林海莹一
直住在离海很近的城市，却从来没有见过大海。在她的认知里，自己的
生活水平还远没有达到可以看海的水平，而这项属于小康生活的愿望，
清晰地罗列在林海莹对未来的规划中，终将脚踏实地，一步步实现。

　　　灯海点亮了土地
　　　光芒万丈
　　　就像十几年前，进城打工的小女孩的心情
　　　心里憋满了发光的东西
　　　谁也抢不走

在流水线上

在电路板上

在老公买的连衣裙上

在慢慢的日常里

在我种植的火龙果里

灯海点亮了土地

光芒万丈

　　　　　　　——林海莹

　　农民工是中国在特定的历史时期出现的一个特殊的社会群体，随着城镇化进程的不断推进，农民工俨然成为城镇地区劳动力市场的主力军之一。2010年第六次全国人口普查结果显示，中国城市外来流动人口数量为2.6亿人，占到了总人口的19%。

　　然而，近几年来，受多方面因素的影响与制约，大量农民工纷纷踏上返乡之路。如2008年春节后，200万农民工回家过节后没有返回深圳，到2009年底，仍然有18%的农民工决定离开；《深圳市2011年国民经济和社会发展统计公报》显示，2011年常住深圳的人数为1 046.74万人，非户籍人口778.85万人，非户籍人口减少近8万，这是深圳特区建立30多年来第一次出现非户籍人口减少的情况。

　　农民工返乡大潮现象的出现，可以从以下几个方面来分析原因：

　　首先，自2008年全球金融危机爆发以来，中国经济结构进行调整，就业形势越发严峻。许多企业不再单一地发展劳动密集型产业，裁员成为无可奈何的选择，而首先被裁掉的便是文化水平较低、专业技能不过硬的农民工。城市工作难求，失业率居高不下，而且城镇的消费水平较高，农民工的生存压力较大，这是造成大量农民工返乡的原因之一。

　　其次，中国是农业大国，农业是中国国民经济根基，在国民经济发展中占据着重要的地位。解决好农业农村农民"三农"问题，一直是中国共产党工作的重中之重。国家出台的一系列支农惠农政策，如农业支持保护补贴政策、新的粮食收购政策以及新的土地政策，都有利于农民增收增产，农业现代化被提升到战略高度。这对农民工来说具有很大的吸引力，加快了他们返乡的步伐。

　　再次，全球化的竞争下，越来越多的国内企业和海外经济实体将目光放在了中国内陆城市甚至乡镇地区之上。这些地方资源丰富，地价便宜，国家优惠政策力度较大，且周边有着大量闲散的劳动力，因此，许多企业纷纷在农村投资设厂。值得注意的是，农民进城务工一般都是熟人带熟人，当家乡有更适合的工作给他们做时，他们自然会成群结队地返乡，这也是造成农民工返乡热潮的原因。

　　中国社会自20世纪70年代末以来所实行并坚持下来的家庭联产承包责任制以及集体所有的土地关系，在一定意义上确保了一大批从农村土地中流动出来的劳动力在遭遇城市经济发展瓶颈之时，可以适时地返回自己的家园故土中去，依赖承包的土地经营生计。

　　"返乡潮"在一定意义上，是中国长期以农业立国而又未完全将之彻底抛弃的一种城乡社会基本结构关系的体现，这其实是一种保证城乡之间有着可持续的、良性循环的、恰到好处的制度。今天中国从南到北的乡村电商之所以可以这样迅猛地发展起来，与那些握在自己手中的土地以及相对便宜的在家用工的劳动力有关，这是改革开放以来乡村土地制度的优势所在。

参考文献

1. 王彩平. 聚焦农民工"返乡潮"：原因、影响与对策. 新视野，2013（04）.

2. 王漫群. 马克思主义政治经济学视阈下农民工返乡潮的思考. 科技经济导刊，2020（35）.

3. 赵旭东. 新一轮"返乡潮"背后的城乡互动逻辑. 人民论坛，2016（10）.

范雨素
奇遇记

北 京

一棵山里的古树进城了，在迁移的过程中，因为不适应水土，就死亡了。一个人也是一样的。有的人在流动的过程中适应不了，又受不了熟人社会的过分关注，就在城里待着。像一颗移植的树，慢慢枯萎了。

——范雨素

网络时代，一个育儿嫂的走红

泛灰的天空被电线杆杂乱分割，一架飞机与其中一条电线平行飞过，留下身后长长的云痕和轰鸣的余音。路旁是一排排被新漆成红墙的低矮房子，在互相联通的狭窄弄堂里，偶有电瓶车、自行车和行人来往，一个拎着黑色大包的背影正急匆匆地奔走着。

这里是皮村，距离北京市区30千米，常住人口超过三万，本地人只有千余人。作为北京的城乡交界地带，皮村没有一线城市的繁华，工厂云集、道路狭窄，却因其工人自发组织的丰富文化活动，成为北京底层打工者的文化符号。

服务于打工者及其子女的社会公益团体"工友之家"是皮村人气最旺的地方之一。眼下，三五成群的人蹲守在"工友之家"的大门口，他们百无聊赖地交谈着，有的抽着烟，有的看手机，也有的焦急地左顾右盼。

"谁是范雨素啊？她在哪儿呢？"

"刚来的吧？等着吧。"

"你等多久了？"

"俩小时吧，你呢？"

"一上午了。她说没说啥时候回来？"

"听说下午会来吧。"

"要命，我晚上五点截稿啊！"

2017年4月24日，在北漂的第25年，育儿嫂范雨素火了。

距离发布仅几小时，一篇名叫《我是范雨素》的文章席卷全网，阅读量迅速突破百万。时年44岁的范雨素，以倔强而柔韧的笔触，在冷淡却幽默的语气中叙述了自己与农村家人的故事，短短七千字，呈现出一幅活色生香的中国社会百景图。文章爆红之后，人们惊艳于范雨素的文字，感叹她育儿嫂的身份。在"标签化"的理解下，新闻记者与出版社编辑络绎不绝地赶往北京。

随之而来的是铺天盖地的采访，声名来得如此迅猛，负面评论接踵而至。对《我是范雨素》这篇文章，有的人表示感动，还有人认为这是代笔、炒作，甚至有人抨击她仇富、泄露个人隐私。

面对席卷而来的狂风巨浪，范雨素感到措手不及。重复的自我叙述让她逐渐感到焦虑与不适，各类活动的邀约更让她意识到，趋之若鹜的媒体是在"消费"自己。她觉得这一切"就像哪儿着了火，大家都跑去看，看完拉倒"。

她想躲起来，躲开这风暴中心。

"各位媒体朋友好。刚刚范老师给我发了消息，说她不能再接待各位了。非常感谢大家对工友群体的关注，我替她向大家致歉。我们为大家准备了其他工友的作品朗诵会，欢迎大家采访。至于她什么时候出来，我想，只有等她觉得安全的时候……"

"工友之家"的大会堂里，一场新闻发布会正在召开；与此同时，后台办公室里，小付拨通了范雨素的电话，她身后的办公桌上，赫然放着一个黑色的大包。"范姐，你真不出来啦？……出版社的编辑……

嗯……当场签……一大包，二十万现金。"

事实上，有感于范雨素独特的语言与内容，文章发出不到三小时，就有出版社的编辑主动联系了范雨素，和她洽谈了长篇小说的出版事宜。她口头答应后，坚持要做个说话算话的人，拒绝了直接带着合同、拎着二十万现金上门的其他出版社，与第一家出版社签约。

长篇小说，是她在打工间隙，以自己的大哥哥为原型，手写的一篇约十万字的故事，因为不满意，不曾拿出来给别人看过。"我自己把我写的这种体裁定位为魔幻纪实体。我过去从没写过东西。现在写写小说的目的，就是觉得活着就要做点和吃饭无关的事，满足一下自己的精神欲望。"

对于范雨素而言，提笔写作是一个偶然事件。2017年正月，当范雨素从电话里听说母亲的胳膊被拽伤，好几天不能自己吃饭时，她很心疼。回想母亲的一生，她萌生了写作的冲动——"我的妈妈有五个孩子，两个孩子残疾，大姐姐智障，小姐姐小儿麻痹。如果我的两个孩子是残疾，我能活下来吗？我们家就靠母亲撑下来的。她对自己的孩子从不势利。"

父亲因病早逝后，母亲一手带大五个孩子，没有一个省心。然而，从没读过书的母亲却能说会道，善于帮人解决矛盾，还被民主选举为妇女主任，一干就干了四十年。短短四个小时，文字从她的笔尖汩汩而出，多年积压的情绪在这一刻汇聚成一篇如泣如诉的农民传记。

不论是拥有文学梦却一辈子无法实现的农民大哥哥、少年得志却因染上赌博瘾甚至丢掉官职的神童小哥哥，还是小时候发高烧导致患上脑膜炎的大姐姐、身患小儿麻痹症却提笔成诗的小姐姐，或是北漂做着育儿嫂独自养活两个女儿的自己，这一大家子的命运充满了戏剧张力。

将这篇文章投稿给编辑淡豹时，范雨素只是单纯地想着用这份情绪，换一笔还算可观的稿费。淡豹看中的，则是她笔下与众不同的农民形象、反讽幽默的杂义语言、丰厚淡漠的人世观察，以及史诗性的女性代际之间的精神支撑："在文章里她提到，在城市遭受欺侮时，她会提醒自己是个农村强者的女儿。"

然而，面对"一夜成名"这样的天方夜谭，范雨素从未想过以此为转机改变自己的生活。成名后，有人邀请她去做编辑，有人向她定期约稿，她都拒绝了。与大多数文学爱好者不同，范雨素的写作特别少，如果不是感情积蓄到一定程度，她也不能强迫自己写出点什么。

她觉得靠文字谋生才是更大的天方夜谭。"那个活（编辑）比当育儿嫂更累。虽然做育儿嫂一晚上只能睡两小时，可是没有压力。那（育儿嫂）就是熬日子，熬完了就行。可如果每天都要写文章，那就得睡觉做梦都在想这个事儿。有人说，做了编辑，命运就改变了。可脑力劳动就比体力劳动高贵吗？说脑力劳动改变命运，那叫偏见。你比人家盖房子的强吗，你不是自己哄自己吗？"

夜晚，当范雨素壮着胆子偷偷出门，发现自己生活了十年的皮村一切如初，街上并没有人把她当成红人看待，她这才放下心来："贫穷是我的隐身衣，我照样上街买菜。"

家乡与自由

范雨素的家乡在湖北襄阳东津新区打伙村。打伙村是一个千年古村，位于襄阳城东约30千米处，滚河从其北面3千米处流入唐白河，百里长渠紧挨村东穿过。范雨素的童年，母亲忙得从来不管她，她在热爱文学的大哥哥和小姐姐的熏陶下，长时间浸泡在大量的纯文学作品里。

范雨素六七岁开始读小说，八岁就能看懂一本竖版繁体字的《西游记》。在这些阅读中，对年幼的范雨素而言，最难以忘怀的是《甘肃文学》上刊登的关于乞丐哲学家第欧根尼的故事——当国王亚历山大巡视大街，询问以木桶、讨饭袋和水杯为全部财产的第欧根尼"我可以为你做些什么？"时，第欧根尼躺在木桶里，懒洋洋地说道："你可以站到一边，不要挡到我的阳光。"

九岁的范雨素在田野中边放牛，边割草，边写老师布置的作业时，觉得自己每天的生活简直太忙太累了，她的人生理想就是当一个像第欧根尼一样的哲学家，每天晒太阳，睡垃圾桶活着。

这种对于第欧根尼式自由的向往，深深融于范雨素的血液中，推着她向狭小村庄外广阔的天地走去。十二岁那年，在脑海里将文学作品中教人逃火车票、偷老乡青菜、摘老乡果子、打农户看门狗的伎俩导演了千遍万遍后，日渐"膨胀"的范雨素在屋内有空白的纸上，都写上了"赤脚走天涯"。那年暑假，她终于不辞而别，逃票去了海南岛，南下看世界。

海南符合范雨素对于流浪的一切要求。初到海南，她在路边的行道树上摘水果吃，也到垃圾桶里翻东西吃，穿着脏兮兮的衣服，却不担心挨饿受冻。当她晃荡在温暖的阳光里，甚至还有一位四十多岁的中年大叔走到她跟前，塞给她十块钱，让她买件衣服穿。天不怕地不怕的范雨素，就这样过上了第欧根尼式的畅快生活。

后来，她遇见另一个在街上流浪的小男孩。小男孩十三四岁，爸爸坐牢，妈妈生病，平常没有人管，就在街上游荡。他给范雨素介绍了一个在工厂打工的小姐姐，晚上可以跟她挤一张床住，又告诉她白天可以到饭馆里打工。于是，范雨素来到小饭馆里，跟老板商量着："我没钱吃饭，能不能干一天给我一天工钱。"就这样，她开始了年幼而艰辛的打工生活。

　　三个月后，范雨素觉得这样的日子潇洒之余，亦有许多不足。在庄稼地里干活，能吃苦就干，干不动了就跑，父母忙得没时间管。可打工不一样，她觉得很辛苦，却不能撂挑子走人，她常常在洗盘子的时候想："没有学校读书，没有小说看，也没有母亲。"于是她决定回家。

　　然而，回家后的范雨素非但没有迎来家人的思念与欢迎，还成了家族中"德有伤，贻亲羞"的罪人。她不知道一个十二岁小女孩的随性举动会被污名化。被现实生活狠狠地上了一课的范雨素，觉得自己没脸见人，没脸上学，甚至也没有勇气流浪了。在农村，男孩子出门闯荡天经地义，女孩子出门流浪则有可能是私奔重罪，是不可饶恕、甚至要被逐出家门的。这是她第一次真正意识到因自己的性别而在农村受到的歧视，也为她将来的北漂埋下了种子。

　　这之后，家里人为她找了一份农村教师的工作。一直感到自卑的范雨素，觉得自己笨、手脚不利索，也不想教一辈子的书，却不知道以后的人生到底该怎么办。她天真地认为"读看不懂的书才是有知识的人"，所以尽管不能流浪，也还是想当个哲学家。

　　十八岁那年，趁学校放寒假，她独自去了一趟北京，前往北大寻找哲学老师陈战难。她曾在业余时间读了一本陈老师的著作，印象深刻，她想找到陈老师，向他询问自己是否可以旁听他的课。北京的冬天特别冷，她还记得自己在北大校园里冻得直哆嗦，而室内的暖气让她感到万分新奇。她甚至搞不懂北大校园里每个路口装着的道路反光镜是干什么用的，这一切都是新鲜的体验。

　　在北大哲学系系楼，面对一个来自湖北农村的天真烂漫的陌生小姑娘，陈战难善意地提醒她：你有生活费吗？能留下来在这里生活吗？现实的问题萦绕在范雨素心间，她闷头坐在椅子上发愣，愣了一分钟，一句话没有说，站起来就走了。在没有办法解决这个问题前，她只能果断地回家。未名湖里游泳的野鸭扑棱着翅膀，在水面上划过一道道波纹。

谁也不曾料到，几十年后，一只叫作范雨素的小野鸭竟也会在社会这潭深水中悄然激起不小的水花，在文学的池塘里蜕变为一只黑天鹅，羽翼泛着独特的光泽。

果然，回到家乡还不到两年，范雨素又一次按捺不住自己出门看世界的野心。二十岁时，她看到《中国青年报》上的深度报道，介绍了进京务工的农民工在哪儿找工作，于是决定只身前往北京，漂向这文学作品中所描述的大千世界。

"哐当哐当"的绿皮火车载着年少轻狂的范雨素，抛开窗外飞逝的风景，也抛开难以改变的农村传统。在火车上颠簸的22个小时里，范雨素那颗一腔孤勇的心脏里充斥着复杂的情绪：对未来的恐惧，对生存的害怕，对未知的向往，对逃离的兴奋……

重返北京

范雨素在北京找到的第一份工作，是月薪150元的饭店服务员。

从北京站下车后，范雨素前往挨着崇文门地铁站的北京同仁眼科医院。在那里，大量招工和找工的人们聚集在一起，吆喝声不绝于耳，形成一个自发的"民间人才市场"，这是进城务工的农民工之间公开的秘密。1993年的北京，到处都是庄稼地，对于范雨素这样的年轻小姑娘来说，找个工作很容易，大部分人都会选择做饭店的服务员或家庭保姆。

然而150元的工资毕竟不算高，饱上顿愁下顿的恐惧，始终让范雨素每日都活在艰难的求生困境中。如果说十二岁那年她还有退路，可以选择回家，已经成年的她则认识到，不是想退就能退的。好在范雨素并未觉得凄苦，当她选择离开家乡的时候，就已对外面世界的世态炎凉做足了心理预设，正如她一再提及的那样——文学中缺吃缺喝的苦难见多了，她就不觉得现实中遇到的困难有多苦了。只要能吃饱饭、有衣服穿，她就觉得足够幸福。

做了半年的服务员后，范雨素找到一份新行当——到北京潘家园旧货市场摆摊卖旧书和工艺品。那个时候的潘家园，还没有可以遮风挡雨的大棚，更没有广西大厦、河南大厦，就只是一条大马路，举目四望，都是村子。

当范雨素每天顺着潘家园桥来回奔走时，偶尔会抬头望向《北京青年报》的高楼大厦，她问身边的人："那栋楼，为什么要装那么多扩音喇叭？"这样的故事逗得身边的人笑得前仰后合，原来，她竟把室外空调机当成了中学教室的外挂喇叭——初来乍到，范雨素总会闹不少可爱的笑话，但她还是感到高兴，这些都是开拓自己眼界的证明。

可惜的是，在之后的日子里，范雨素因疲于生计，并没有机会完成去北大旁听哲学的梦想。面对真实生活，看再多的文学书，读再多的苦难，终归是纸上谈兵，范雨素糊里糊涂地把自己托付给了一个酗酒、家暴、对孩子没有责任感的东北男人，遭遇了一段不幸的婚姻。"我觉得我生活不下去了，我就走开。"范雨素决定自己主宰命运，执意与丈夫离婚。

为此，她只好选择带着两个年幼的孩子逃回家乡。

回家寻求依靠的范雨素，显然忘记了自己十二岁的经历，当她回到那座小村庄时才明白，血浓于水的亲情也无法抵消生存带来的物质压力。大哥像躲瘟疫一样躲着她，邻居们一看见她就关门，怕她张口借钱。谁也靠不住，只能自己扛。思量再三的范雨素，为了孩子的前途，又一次鼓足勇气，带着孩子重返北京。

重新回到北京的范雨素搬到了北京皮村，一住就是十年。她在北京皮村蜗居的那间8平方米的小屋，太阳很足，一到冬天，屋子里就温暖得跟植物园的阳光房似的。范雨素一如既往地喜欢阳光。这两年，附近的人家为了出租赚钱，将一层楼的瓦房重盖为三层半的房子，范雨素的小屋就再也晒不进太阳了。

漂泊多年，物是人非，范雨素从未想过离开。所有熟悉的环境都会让范雨素产生"怀旧"的情绪。尽管这座城市充斥着陌生人之间的冷漠，哪怕是多年的邻居，也未必打过几声招呼，她还是对皮村的这个小四合院产生了安全感——这个小房间里的一张大床、一张桌子和四处堆满的书，构成了她内心满满当当的充盈，也是范雨素之所以成为范雨素的重要证明。

几度漂泊的范雨素，人生中唯一保留的习惯就是阅读。不在潘家园摆摊之后，范雨素偶尔还会去淘书，有时间就去图书馆看书。范雨素年轻的时候喜欢抄书，当她读到《傅雷家书》的时候，觉得这本书怎么可以写得那么好，尽管书是自己的，她还是一个字一个字地抄写。每抄写一个字，就相当于把傅雷的思想反刍了一遍，抄写的过程，就是把大师的思想默念般印刻在了自己的骨血里。

"读书，往小了说，往大了说，都是有意义的。我是个很枯燥、没情趣的人。但读书也能培养出一些兴趣，比如我喜欢植物、动物，喜欢听音乐，这些都是通过读书培养出来的。都说修身齐家治国平天下，如果一个国家的母亲都爱读书的话，那整个国家的人口素质就大幅度地提高了。人好了，国家就好了。"

在范雨素看来，阅读和写作，甚至改变了几代人的命运。没有能力供大女儿上学，她就给大女儿从旧货市场淘了成百上千斤书，带她去书店、博物馆，教会她阅读。在范雨素成名后，许多慕名而来的文学爱好者让范雨素更深刻地意识到：阅读和写作，可以改变几代人的命运。无论是来自河南的家政工、甘肃的育儿嫂，还是山西的服装厂女工，她们一边为孩子打工挣学费，一边写些无用的文字，最终都将自己的孩子抚养上了大学。

坐在前往潘家园的公交车上，范雨素喜欢挨着窗。这些年，窗外的风景变化很大，道路修得越来越规整，原本的村子也都被拆迁了。阳光透过车窗，在她脸上涂上斑驳的树影，她眯起眼睛，直视太阳。

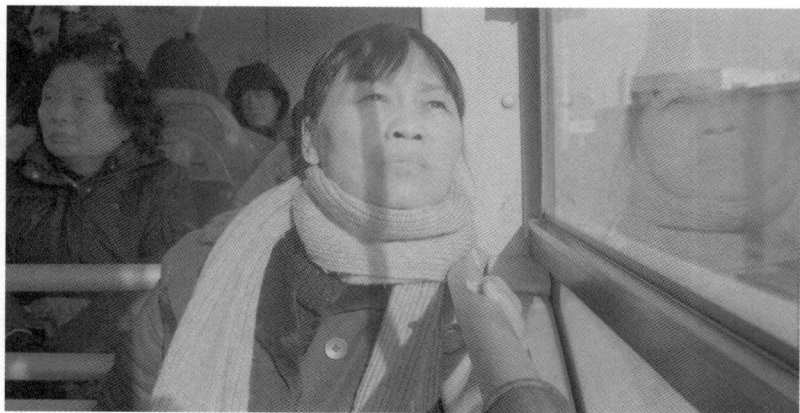

大城市的善意

　　作为中国第一代进城农民工，范雨素形容自己是"从地铁首发站上车的人"。在"同一班地铁"上，一些农民工朋友凭借时代的优势，成了打工潮中的暴发户。可她自己，却是那个"首发站上车还被中途挤下车"的单亲妈妈。

　　单亲妈妈的生活并不容易，长期以来，她都对外宣称自己是一个"装修工的妻子"，因为她怕别人知道女儿是单亲家庭出身，没有父亲保护而受到欺负。

　　孩子还小的头几年，范雨素经常做梦。梦见找工作，找不到工作，一个工作接着一个工作找；梦见没命地奔跑，在水面上，怕掉下去，一直跑一直跑。半夜醒来，她很害怕，静静的夜里，她望着身边两张稚嫩而熟睡的脸庞，听着她们安然而不经世事的呼吸，心底涌上深深的绝望：还能到哪儿去赚钱呢？怎么才能养好孩子呢？自己真的可以把孩子拉扯大吗？

范雨素知道，如果自己当初不跑到北京，而是留在农村嫁人，日子可能会过得比现在要好。小时候跟她一起上下学的女邻居有的初中毕业后嫁到城里，找了工人丈夫；也有的家里招了上门女婿，盖了三四层的新房。但那种压抑与束缚下的安稳，绝不是她想要的。她也知道自己这样的经历并不是小概率事件，中国有14亿人口，3亿农民工，无数女人跟她一样做了逃荒妈妈。

"社会就跟人一样，没有纯粹的好人，也没有纯粹的坏人，城市也是这样的，有很多毛病：冷漠、疏离。但城市的好处是人和人之间是有距离的。在乡村，人和人没有距离感，大家都是没有隐私的、透明的人。在城市，我是单亲妈妈，没有人用异样的眼光看我，我觉得很好、很自由。但是农村里就会有很多关心你的人来劝你：不要一个人生活呀，不要做单亲妈妈呀……他们会来阻挠你的生活方式。在城市，你可以选择任何一种生活方式，只要你从心所欲不逾矩就行了。"

更何况，她万分感谢北京这座城市带给她的善意。

1998年的一个午后，摆地摊后回家的范雨素累到倒头就睡，醒来却发现三岁的孩子不见了。那天下午，她顺着三环路跑到潘家园，又从潘家园折返跑到劲松，再从劲松跑到八王坟……她发疯了似的到处跑、到处找，只感到喉头黏糊糊的，要吐血。孩子丢了？真的丢了？范雨素感到整个世界天旋地转，满脑子只有她一个人无助又羸弱的喘息——她累极了，却无法停止奔跑，她的脑海里只有一个念头，"如果找不到我的孩子，那我宁愿死在找孩子的路上"。

濒临崩溃的范雨素被路上一位陌生的大爷拦下，询问了缘由，并帮忙联系了劲松派出所。绝处逢生，派出所里正好有一位路人送来了迷路的三岁小姑娘。范雨素赶到派出所时，女儿见到她的第一句话是："派出所的馒头和瘦肉丝，真好吃。"

范雨素感到心酸，自己不会做饭，让孩子连吃着派出所的馒头和瘦肉丝都觉得如吃珍馐。可她也感到幸运，在这一场风波中，自己遇到了不收车费的出租车司机、耐心陪孩子找家的执勤民警以及路上的那些素昧平生的好心人。

　　用范雨素的话说，这个社会，并不要求谁对谁多好，至少"每个人身上都有举手之劳的善"。比如，北京的垃圾桶特别高，外出倒垃圾的时候，如果人们看到垃圾桶附近有捡垃圾的拾荒老人，往往不会把垃圾直接扔进垃圾桶，而是放在一旁，告诉老人那里面有能卖钱的废品。

　　每当看到类似的场景，她都会想到杜甫的《又呈吴郎》。"即防远客虽多事，便插疏篱却甚真。已诉征求贫到骨，正思戎马泪盈巾。"杜甫对于邻居扑枣妇的善意，在这叮咛与嘱咐中尽露：就算你从来无心阻拦无食无儿的妇人来门口的枣树摘枣吃，但在门口插上篱笆这件事，肯定会让提心吊胆的妇人多心你是不是在防着她。

　　这样的细节，诗人需要具有多深刻的同情，才能领会并体贴穷人的自尊心？ 1 300多年前的诗人杜甫，通过一首小诗，写出了范雨素的心声。积年累月的阅读与来自大城市的细微善意，融会在范雨素的文学观中。"平静、温暖、慈悲、悲悯，我觉得这四个词，是我的写作观，也是我的人生价值观。"她坚信文学要给人力量，要有真善美，也只有充满善意的文学，才会有人看，才能对社会有贡献。

　　所以，范雨素从不后悔年轻时"漂"的决定，大城市的自由让她得以喘息，"在大城市，只要努力，就有饭吃"。当然，一个人面对生活，或多或少会有些孤寂，但范雨素很忙，忙着干活、赚钱，培养孩子。"大多数时候，生存压力压得你就不孤单了。"她笑得有些无奈，但又理所当然，她唯一的希望，就是自己的孩子以后过得比自己好就行。

　　有位女记者跟范雨素说："现在的单身女青年是主动单身，单身男青年是被单身。"她感到一种强烈的共鸣。虽然她也期待爱情，但她从没有妄想通过婚姻改变命运。她知道自己不喜社交的性格，必然会让她与外界始终保持着一定的距离，"你的圈子，你的环境，遇不上（合适的人），遇不上就主动单身"。

地铁飞驰而过，站内人来人往，去城区打工的路途中，范雨素喜欢在地铁站的尽头候车，那里人少，她刻意与周围的人群保持一定的距离。地铁站的安全玻璃映射出范雨素的背影，玻璃中，她沉默地望着周围的人，轻轻将头倚靠在墙上。在人群喧嚣往来的瞬间，仿佛有一曲乐章从那偏头的温柔与静默中流淌出来，泄露了她心底的那一分柔情。

流动儿童的教育

在北京，外来务工人员的子女是无法轻易就地上学的。

2014年，北京推出"五证"政策：家长须持本人在京暂住证、在京实际住所居住证明、在京务工就业证明、户口所在地乡镇政府出具的在当地没有监护条件的证明、全家户口簿等证明证件，向暂住地的街道办事处或乡镇政府提出申请，然后街道办事处或乡镇政府才能对符合就读条件的来京务工就业农民工的适龄子女，开具在京借读证明。

清晰的条例背后暗含许多困难，因此，大部分流动儿童都会选择在家附近的民办打工子弟学校就读。这种学校往往不具备办学资质，也无法为孩子办理学籍，选址多在城乡接合部的违法建筑中，有些学校甚至只有几十位学生。但它满足了农民工对于学费低廉、离务工人员居住地近、入学条件相对灵活的要求，成为家长带着孩子一起"北漂"的首选。

早些时候，范雨素为了有更多的时间照顾年幼的小女儿，曾在小女儿就读的打工学校教书。早晨六点，范雨素就要起床洗漱，然后带着自己的小女儿和邻居家的孩子一起步行半个小时去上学。打工学校的师资有限，一个班只有一个老师，范雨素教幼儿班的孩子们语文、数学、美术、英语和音乐。"英语是最简单的单词，美术就是写写画画，音乐我不会唱，就教孩子们背儿歌。"下午三点放学后，范雨素再带孩子们回家。虽然工资很低，一个月只有一千六，但在打工学校教书的老师，都是这样为了方便带孩子的妈妈。

等女儿稍长大一些可以独立生活时，范雨素开始前往城区做育儿嫂。育儿嫂很辛苦，每周休息一天，平常只有两个女儿独自在家，由十几岁的大女儿照顾几岁的小女儿。范雨素哄着哭闹的雇主孩子入睡时，总会想到自己在皮村出租屋中形单影只的两个孩子，"晚上，没有妈妈陪着睡觉，她俩会做噩梦吗？会哭吗？"

照顾过太多别人家的孩子，范雨素知道小时候父母长期不在身边的孩子会很没有安全感，但她没有办法，只能不停地教育孩子："活着是自己的事。"像她这样的育儿嫂和家政工们，个个都是为了孩子上学出来挣钱的，他们白天想孩子，半夜偷偷地哭，但上好的学校需要钱呀！

范雨素身边的大部分北漂农民工，会将一年三分之二的收入花在自己孩子的教育上，最常见的选择是将他们就近放到河北衡水的私立中学读书。衡水的教育资源在全国闻名，可私立初中一年的学杂费起码三万，对于想要培养孩子通过读书跳跃"农门"的打工群体来说，这是笔非常大的开支。最悲哀的是，即使砸钱将孩子送进了初中，大部分农民工子女还是会因为缺乏良好的教育底子而考不上公立高中，最后依旧回到社会，走父母打工的老路。

一直以来，范雨素对没能让大女儿接受完整的学校教育心有愧疚，也因为年少在老家私立学校教书的时候，不懂教育，常常采用打孩子手心的方式对待犯错误的学生，所以她想等小女儿工作后就去支教："那个时候我自己也小，背书背不好也打孩子，现在觉得很不好，这是错误的，我想做点事情弥补一下。"

因此，范雨素非常关注媒体报道的"无妈村""空心村"的留守儿童，或是像她女儿这样跟着父母到处打工的"流动儿童"，还有类似"三和大神""废柴青年"这些在社会上难以生存的小镇青年。她在新闻里看到云南的一个小村子里，整个村的儿童，父母都因为犯罪坐了牢。她想，如果孩子们从小就能接受良好的教育，有理解力，可以学门手艺，就能在人群里面参与竞争，长大就不会再面临这种恶性循环的困境了。

的确，人口的流动带来了社会资源的交换，也带来了社会翻天覆地的变化，其对传统生活带来的负面影响更多体现在对家庭结构的冲击上。与打工群体不稳定的生活状态相伴而生的，是分崩离析的婚姻，这也让许多孩子没有了妈妈。但范雨素仍想为那些被迫离开孩子的妈妈们辩白："不是因为她们残忍，而是因为她们没有能力带走自己的孩子。如果她们有能力不让自己的孩子饿着，就是没钱读书，也会把孩子带在身边的。"

在范雨素的认知里，"一个没有接受过完整学校教育的流动儿童，比一个接受过完整教育的留守儿童要好"。相较于留守儿童，流动儿童无疑具有更强的适应能力，也有更广阔的视野与格局。她的女儿们就是最好的例证。

大女儿十五岁就开始在奶茶店打工，在自强不息的学习劲头下，翻身成为会议速录师，年薪逾十万；小女儿则被送往河北衡水的私立中学，通过努力学习，考上了竞争激烈的公立高中衡水中学，还常常在"火箭班"考第一名。

女儿的名字都是范雨素起的。给大女儿取名苗苗，是希望这棵小苗长大了能长成一棵树，现在苗苗的确长大了，不仅找到体面的工作养活自己，还会经常给她和妹妹网购衣服和食品。她觉得自己与大女儿之间的关系，就像是互不操心的两株木棉。她给小女儿取名枝枝，是因为杜甫的《江畔独步寻花》写道："黄四娘家花满蹊，千朵万朵压枝低。"范雨素本想取名叫朵朵，可她觉得，"枝"比"朵"更具有生命力。生命力，这个词是像她们这样的"北漂"一族非常重要的品质。这是范雨素对苗苗和枝枝的期待，也是她对自己的期待，她们做到了。

还是范雨素

　　白天打工，晚上读书，日复一日，按部就班。从2017年到2021年，四年过去了，一夜成名前，范雨素是这样，一夜成名后，仍然如此。要说唯一的区别，是以前花在打工上的时间更多，现在花在看书上的时间更多。

　　收入依然只能勉强应付自己的房租和女儿的开销，主要工作依旧是保洁或家政这样的体力活。范雨素过的，几乎就是孔子所描述的颜回的生活："一箪食，一瓢饮，在陋巷，人不堪其忧，回也不改其乐。"

　　范雨素对饮食没有追求，只要有一顿馒头，能吃饱就行；之所以选择育儿嫂的工作而非月嫂，也是因为育儿嫂不需要做饭。范雨素对自己的外貌也没有要求，不爱逛街、不喜美容、不会化妆、没有物欲，衣服大都是女儿给她买的，社交礼貌上只要保证最基本的干净就行。用她自己的话说："人要做群居动物，是要对外貌有要求的，但我破罐子破摔，就一个人了。"

　　这种理想主义式的生活，完全出自于范雨素的"知足常乐"与"无欲则刚"。内卷化的社会形态下，太多的人有无法遏制的欲望：消费主义的陷阱，不甘心的攀比，对美好生活的期许……范雨素不同，她不需要通过外部的肯定来感受到自己的存在，"怎么活着就是一个过程嘛，我每天这么活着也没有饿过吧"。

　　除了必要的社交外，大多数时间，范雨素都一个人待着，除了每周六晚上七点到九点，只要有时间，她都会赶到皮村文学小组听课。

　　皮村文学小组是"工友之家"成立于2014年的兴趣小组之一，"工友之家"成立于2002年，2005年入驻北京皮村，被誉为"打工者的文化圣地"。2007年，工人们在这里给自己建了一个博物馆——打工文化艺术博物馆，成为全国唯一一家以打工为主题的民间博物馆。2012年，首届"打工春晚"在皮村的社区剧场上演，由CCTV著名主持人崔永元主持、农民工自导自演的这届打工春晚引起广泛关注，从此保持着年年举办的传统。

范雨素参与的"皮村文学小组"，是基层劳动者参与文学交流的公益平台，坚持每周进行一次线下学习，由文学爱好者和文化志愿者老师一起分享文学和文化。范雨素之所以能够成名，文学小组功不可没，在她眼里，这是一个"松散但温暖的组织"。

文学小组最初的义务授课老师，是北京大学的文学博士张慧瑜，在组织工友们上了几节课后，张慧瑜鼓励大家试着动手，写一写自己的情绪与生活。感动于张老师没有目的、不求回报的教学热情，范雨素上交了自己手写的短文《大哥哥的梦想》。之后，张慧瑜自掏腰包，将这些工友的作品合印为一本《皮村文学》。

不少媒体都曾从这本油印集中选择作品发表。2016年，编辑淡豹从中发现了范雨素的文字，被她笔下"有航天梦的农民"打动的淡豹，主动联系范雨素发表了文章。时隔一年，范雨素将新写的与母亲有关的稿子投给淡豹，一夜爆红的故事由此展开。

一直以来，范雨素对自己的成名都保持着局外人的态度。"我压根都不在意，我每天都很忙。"忙、累、苦难，是范雨素在接受采访的过程中常挂在嘴边的词汇，她忙着看书、忙着赚钱、忙着生存，却从没有忙着写作。写作对于她，只是流露真实感情的一种表达方式，昙花一现的爆红是这个时代馈赠给她人生的一场意外。

皮村文学小组的每一个工人，都只把文学当作自己的兴趣爱好：白天疲于奔命，夜间抽出一些属于自己的精神时光，写一写自己在流动过程中的真实心理感受。"我们这儿的人，对生活不抱任何希望。"他们很少交流文学，因为大部分人一天到晚要做十多个小时的工作，"干完活儿，话都说不动了，还怎么交流呢？"

更现实的问题是，"光做梦怎么能写得出来，得要有生活、阅历、见解才行。我没有时间，我要谋生，你天天做文学梦，让孩子去打工，这不道德"。她还得尽自己作为母亲的责任，需要打工抚养孩子。

在范雨素的观察中，微信读书等 App 上书籍的点击量，西方文学动辄几千几万，可获得茅盾文学奖的中国作家所写的书，点击量只有几百。"人家为什么要看你的呀，吃饱了撑的呀，看新闻好了。看完新闻，看完热闹了，看你干吗呀？所以文学怎么有人看呀，必须要有超越现实的思想，要有艺术性嘛。"在范雨素看来，外国文学之所以长盛不衰，是因为其拥有超越生活的思想，而中国当代的作家有些在模仿外国作家，"一仿，就写不好了"。

坦率，真切。范雨素一直保持自己大大咧咧的风格，想法也很简单，生活如此，文学如是。"其实呀，人本来就是很简单的。我们国内有好多作家把故事写得太复杂了。人本来是简单的，能揣测出他在想什么。但有些文学作品，就喜欢把人写得跟迷宫似的，所以没人看。所有的艺术都是大道至简，文学也是一种艺术。你给他分析得'五迷三道'的，就是给它说复杂了，根本没那么复杂。"

失败的"变形记"

从小爱看知青文学的范雨素，年幼时怀揣着进城打工的厂妹之梦，期待在城市上演一出麻雀变凤凰的"变形记"。可当她面对这百年时空的变迁，思考知青上山下乡和农民进城打工——两项同中国的大时代紧密相关的人口迁移时，她的内心有一些苍凉："我是那个乡间的黄雀，参与了这场全民演出的真人剧，我来到大城市，如乡间蒙着眼睛的毛驴在城里跌跌撞撞。跌得头破血流，麻雀没有华丽转身，蜕变成凤凰。"

很多人都认为，范雨素通过一篇文章，转变了自己的阶层。2019年底，范雨素受邀参加了老舍文学院的高级研讨班，认识了不少纯粹、博学、有感情的良师诤友。然而，刚加入老舍文学院高研班的微信群时，有人对范雨素说，恭喜你融入主流文学圈。她虽没有直接争吵，但内心却十分生气——什么是主流？什么是边缘人？什么是底层？这些词汇，她都排斥，她冷静地回复道："建国70年来，从来没有主流社会。"

早在2015年的皮村文学小组研讨会上，范雨素就曾发言表态，她觉得只有当"文学家"和"农民工"都成为一个中性词的时候，大家才获得了普遍的尊重。对于尊重这两个字，范雨素一直十分看重，当她听说大女儿将公司发的饮料送给公司门口拾废品的流浪奶奶时，问的第一句话是："你怎么送的？"大女儿明白范雨素想问的是什么，她答道："我双手捧着送的。"

在范雨素看来，中国是农业大国，往上数三代，都是农民，血缘上都是共通的："公知眼里的中国，抖音快手里的中国，新闻联播里的中国，这三个中国就像三条永不相交的平行线一样，但实际上我们都是一家人。"她完全想不通为什么会存在阶层和阶层固化这种事。1978年恢复高考时，北大清华有近30%的学生都是农村出身。随着时代的发展，那时候的大学生们成了现在人们眼中的"高层"，可是他们没有考上大学的兄弟姐妹却仍然在农村种地，是人们眼中的"底层"。范雨素眨巴着她的那双大眼睛，眼神中透着清亮的光："大家都是一家人，为什么要分出这么多层呢？高层底层，主流边缘，在我眼里，都是爷爷奶奶的孩子。所以，在我眼里没有层。"

范雨素一直想写的长篇小说，也贯穿着这样的理念。当她读到邵雍的"昔日所云我，今朝却是伊；不知今日我，又属后来谁"时，她的脑海里浮现的都是自己身边的农村家人："我的舅舅力拔山兮，舅舅现在七十多了，在挣工分的时代，没有娱乐。村民经常祈求舅舅表演神力。我的舅母，你如果看了照片，你也会惊讶，世界上还有这样的美。他们年轻时是个闭塞的时代。如果换成现在，会被媒体蜂拥。后来，我琢磨，他们的前生是帝王将相，今生是草芥小民。所谓的高层，底层，都是同一个灵魂。"

范雨素把自己的长篇小说命名为《久别重逢》。最开始，范雨素构架的是玄幻题材，可以交稿的时候，范雨素却对此感到不够满意，她花了大量的时间自学物理，她要给灵魂找一个科学的解释，最终，她将这本小说改为了科幻。只可惜，修改的过程使得这部小说错过了发表的最佳时机，出版之日被无限推迟。但她仍然觉得，这就是她最想表达的东西。

出名后，"对文字很有感觉"的小姐姐跟范雨素取得联系，她才得知小姐姐这几年的生活也不好。她的孩子一直生病，眼睛有问题；老公很多年无业，后来去了个养猪场当饲养员，2018年过年的时候，突然脑溢血，治了两个月，成了植物人，很快就去世了，44岁。范雨素觉得，自己和身边的亲人，都是这个时代的失败者。

在范雨素的理解里，她的生活方式放在任何一种评价体系中，都不会有人为之称好，要不是因为还有两个孩子，范雨素或许早就隐居山林，更别谈什么"文学梦"了。尽管文学的生活是避难所，但有了范雨素小哥哥对文学追求失败的前车之鉴，她一直认为作家几乎就是失败者的象征。

范雨素没有想到的是，在她眼中自己失败而不值得学习的人生经历，正在以另一种乌托邦的方式发酵，带给许多人心灵的震颤。有时候，越接近高等文明，越会掉进文明的陷阱：自由往往失去在追求自由的路上，这可能是人生最常见的悖论。正如范雨素对生活哲学化的体悟："过穷困日子好，一无所有，你就没有负担，你就没有失去了会觉得伤心的东西。"

　　生活依然是她自己所熟悉的习惯性的定局。她把自己圈在熟悉安全的范围里，找到让自己舒服的自由，并尽力做着谋生养家的家政工作。夜幕降临，望着北京这座陪她度过1/2生命历程的城市，她却从未对其产生家乡般的归属感。

　　"等到孩子读大学，就会离开北京吧。"将来，她想去云南、贵州或者海南这样的地方找个边陲小镇，买个房子，开点荒，种点地，一个人待着。

　　在《久别重逢》的定场诗里，她这样写道：

在汉水边漫步

这是春天，有云

云涌河汉，银河璀璨

此刻，忘了我是仙人还是俗人

只有云，云动我的麦地，我的瓜棚，我的天河

这是春天，有晴也有柳絮

无我

范雨素的新工作

2019年，皮村文学小组推出《新工人文学》杂志，向广大工人群体

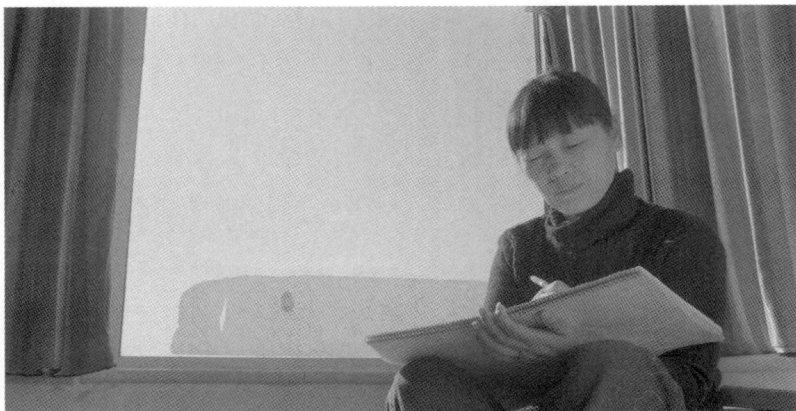

征稿。在这样的背景下，"农民工"已经不能准确描述这个群体的实际状况，他们更愿意将自己定义为"新工人"——户籍在农村，但已经不再从事农业生产，而在城市里通过自己的劳动换取报酬的劳动者。越来越多的人，开始关注新工人群体的劳动和生活状态。

5月，范雨素成为《新工人文学》的杂志主编。杂志的班底就是皮村文学小组的成员，杂志是在社会各界人士的支持下办起来的，双月刊。范雨素作为主编，主要任务是每两个月负责写一篇卷首语。

卷首语很难写，需要下功夫。她常常在交稿的前十天不停地思考、搜集资料、酝酿情绪，争取把卷首语写得更大气一些。

2021年1月1日，她写下一篇《在这战斗的一年》，"战斗"这个词让范雨素觉得十分贴切。2020年的疫情对范雨素个人封闭的生活圈影响并不大，对她小女儿的教育倒是产生了负面的影响。"上网课，就没学好。"对于想要靠教育翻身的"范雨素们的孩子"，显然这是令人焦虑的。疫情之下，对未来生活的恐惧或不安的情绪或多或少会蔓延开来，给人们的心情涂上些许灰暗的阴影。

所幸还有文字。

范雨素作为"工人文学"的标签化代表，这样动情地写道："我们写自己的生活，是高级的东西。是把我们平庸的日子升级成高配版。我们用文字把我们的日子配备了说明书，记录了我们的日子。有文字说明的日子是高配的日子。"

一直以来，尽管文学未必会对生活产生多少物质上的影响，但它在真善美的精神层面上，却总能给予人力量。走红后，范雨素参加的活动数不胜数，她却一直记得那句读者对她的评价与反馈："你的文字是有力量的，自由的，灵动的。"她希望能够通过自己的思考与文字，做一些力所能及的事情，将这份力量与爱传递下去。

实际上，这份力量早已传遍了全球各地。

在日本留学的中国志愿者告诉范雨素，自己曾在日本的新闻头条上看过关于她的报道；荷兰的汉学家也告诉她《我是范雨素》这篇文章在荷兰得到了非常翔实的翻译，其中所有涉及历史的部分都被认真地做了注释；在美国定居的湖北老乡看到了报道，专门打电话来询问范雨素的近况；英国大使则因为范雨素在文中提到自己六七岁的时候读了《雾都孤儿》，特地给她颁了奖……这篇文章，甚至还成为意大利人来到中国读博的动因。

有一次，范雨素和几位年轻的工友在文学小组的门口聊天，范雨素谈到自己认为博尔赫斯、卡尔维诺和纳博科夫是站在山顶上的作家，奥威尔和卡夫卡在山腰上时，一位前来旁听的外国人突然兴奋地跑过来与他们对话。

这位外国人，就是从意大利来到中国留学的北大汉学博士费德。费德听到了卡尔维诺的名字，主动上前搭话。范雨素当时很惊讶：这个意大利人怎么这么爱国，听到一个意大利作家的名字，有那么激动吗？

直到两个人聊起来才知道，费德正是在网上看到了关于范雨素的报道后，才决定来到中国，找北大的张慧瑜老师读博。他们谈起了意大利文学作品《木偶奇遇记》，"我说我的童年是看着《木偶奇遇记》长大的，不管是中国的70后、80后、90后还是00后，都知道皮诺曹的长鼻子。有时候，我觉得地球就是个文化共同体。意大利作家卡尔维诺笔下的男爵，农村的孩子看了以后也会觉得，这就是我的童年呀，在房顶上玩，在树上玩"。

这样的交流，让范雨素感到一种"争渡，争渡，惊起一滩鸥鹭"的回响。

写给《新工人文学》的第五期卷首语，范雨素取名为"书写人生第二回"。她不无昂扬地写道："我们当代农民的写作，如一道闪电划破长空，照亮了太平洋、大西洋、印度洋。因为文学，我们文学小组结识了来自世界各国的友人：日本、新加坡、英国、美国、荷兰、意大利、加拿大……这些来自世界各地的专家学者都正面讴歌我们的文学作品。"

在皮村文学小组成立的这八年间，无数个海内外学者、志愿者合力推开"新工人文学"的大门，帮基层农民、工人用文学缓解生存的焦虑；许多农民朋友、工人朋友看到新闻，赶来听课，参加"劳动者文学奖"的征稿。在文学小组的课堂上，"没有阶层，只有文明、和谐、爱国、敬业、自由、平静"。尽管疫情仍如乌云般盘桓，范雨素的心却一直洋溢着春天的温暖。

范雨素将这份温暖，化作诗一般的语言，表达了不少新工人的心声——"我们这样的人，属于蒲公英吧，飘到哪儿，家就在哪儿。"自二十岁离开湖北襄阳，只身闯荡北京，范雨素就清楚地认识到，自己身为农村女性，"不像男性，生下来，在家乡，这土地就是你的、房子就是你的，对于我们来说没有，所有的一切都不是我们的，飘到哪儿就是哪儿"。

然而，人生的每一个选择，都具有两面性：土地和房子可以是家，也可以是限制。在农村，有分不到房子的"嫁出去的女儿们"，也有太多的"幸运儿"，一辈子被舒适地"困"在小村庄里。

街头巷尾，人来人往，车流穿梭，岁月蹉跎。在北京这座"别人的森林"里，母亲的身份让范雨素停留。尽管停留的时间有点长，但她依然是那株随风飘摇的蒲公英，等风起的时候，继续飘向更广阔的远方。

农民工是中国改革开放和工业化、城镇化进程中涌现的一支新型劳动大军。农民外出务工已成为工业带动农业、城市带动农村、经济发达地区带动经济欠发达地区的有效形式，农民工也是推动中国社会结构转型和社会主义民主政治发展的重要力量。据相关调查结果，中国外出就业农民工数量从1983年的约200万人增加到2006年的1.32亿人，23年增长了近66倍，年均增长20%。

21世纪以来，中国区域经济发展战略完成了从非均衡发展向均衡、协调发展的转变。中国的就业迁移流动人口，主要是农民工的迁移流动，很大程度上决定着人口迁移流动的总体格局。2019年，中国农民工数量达29 077万人，同比增长0.8%。2020年，由于疫情影响，中国农民工总数为28 560万人，比2019年减少517万人，下降1.8%。

随着中国农民工的流动广度和跨度日益扩大，组织形式和流动方式日趋复杂，虽然总体上农村劳动力仍然过剩，但结构性供求矛盾开始突出，农村劳动力供求关系正从长期"供过于求"转向"总量过剩、结构短缺"的特征。外出务工依然是农民工就业的主要途径，农民工流动的稳定性增强。同时，农民工群体不断分层分化，不同群体的利益诉求有较大差异。制造业和建筑业仍然是农民工的主要就业领域，第三产业就业比重不断提高。农民工流向区域仍相对集中，就近就地转移速度加快。农民工回乡创业步伐开始加快，新型双向流动正在形成。

参考文献

1.国家统计局数据（stats.gov.cn）

2.《中国农民工战略问题研究》课题组，韩俊、汪志洪、崔传义等.中国农民工现状及其发展趋势总报告.改革，2009，No.180（02）.

后记·答卷

　　大概是法国人说的吧，你吃什么，就会变成什么样的人。有时候我会想，是不是我拍什么，就会变成什么样的人。又或者是，我想成为什么样的人，所以我去拍什么。

　　2013年，常德举办了一个"寄给2020的信"的活动，7年后，我们去跟拍了送信、拆信的过程。信中，有的孩子说七年后的自己一定是个大美女，有的孩子期望自己成为一个发明家或是设计师，有的孩子还惦记着暗恋的同学，等等。拆开信的瞬间，少男少女们有惊喜、害羞、感动，也有失落。

　　这样的故事或许在每个时代都可以发生，所以与《流动的中国》中的其他具有时代特性的故事相比，这个故事显得很特别。这是少年的梦，是珍贵的"做梦"时刻，再也不会重来。

　　我在河南新乡的一个村子里度过了十五年。小时候我并不知道新乡以外的世界是什么样的，我以为我们村能考上的最好的大学就是河南师范大学。

　　十五岁那年，有一天我顺着泥泞芜杂的小路从村口走到镇上，想从镇上坐一块钱的公交车去新乡市。我已经记不得当时发生了什么，也记不得那条路是不是真的漫长又难走。但那时候心里突然冒出的念头让我记忆犹新，那就是我一定要离开这里，无论如何，我要离开这里。

　　高考那年我一直在做梦，梦到自己可以去往更好的城市，工作、赚钱，把全村那间最破的瓦房——就是我家——给修好。我拼命学习，午休时用参考书把自己围起来，躲在书中算数学。现在想起来，那真是很可爱的时候，再也不会重来。

　　后来我考上了河南大学，是一所比河南师大更好的学校，再后来我去了上海读研，进入上海电视台工作，然后攒钱，把我们家的房子修起来了。

我非常清楚我命运的流动，是受益于高考，是中国的时代激流中留给寒门子弟的机会。"流动的中国"这个意象中，我最认同的就是因为有机会，所以能流动；因为流动，所以创造了机会。这个时代不是死水一潭，这个社会充满机遇，就像徐小超说的，你有机会让自己变得更好，有机会证明自己。

我真正的启蒙时刻来自于萨特。研究生时，我读到萨特那本薄薄的《存在主义是一种人道主义》。13年后，其中一些段落依然深刻于我心：

"是懦夫把自己变成懦夫，是英雄把自己变成英雄，而且这种可能性是永远存在的，即懦夫可以振作起来，不再成为懦夫，而英雄也可以不再成为英雄。

"人只是在企图成为什么时才取得存在。可并不是他想要成为的那样。因为我们一般理解的'想要'和'意图'，往往是在我们使自己成为现在这样时所做的自觉决定。

"人除掉采取行动外没有任何希望，而唯一容许人有生活的就是靠行动。……换句话说，人们必须相信进步。而这或许是我最后一句天真的话。"

萨特向我印证了，人要积极地与这个世界相处，要用乐观的态度去铸造自己的人生。作为一个纪录片导演，我恰好是一个拥有积极性格的人，我也希望通过我的影片去传递一种积极的情绪。每个时代都有每个时代的困境，每个时代也有每个时代的机遇，我希望向观众们展现抓住机遇、突破困境的可能性。

摄像机的镜头就这么大，我们拍的是一个偶然的、局部的真实，不可能包容全部。但你可以相信它，因为它就发生在我的摄像机面前。

因为和兄弟们打赌，宋楠一冲动就去报名成为驻村扶贫干部。他玩过摇滚，喜欢潮牌，兄弟成群，潇洒自在，但这些在他下乡后不复存在。

他看起来老了十岁，每天都在村子里走来走去，为了五块二和五块三的成交价格，跟人唠一下午。一下午没唠成，就明天再来。

宋楠说这一年多他正儿八经地长大了，很严肃地去对待脱贫工程。以前，他总觉得自己虽然潇洒，但游戏人生好像总不得人尊重，现在不是了，现在他干了一件特别能被人尊重的事情，家人朋友都说他做的事情有意义。

"这个时代是中国这么多年来最好的时代，咱们的政策好，你想你通过自己一个人这几年的努力，你无论付出多大的辛苦，你改变了几百人甚至上千人的命运，这是你人生中特别完美的一件事。"宋楠说。

老家的房子已经盖起来五年了，年少时的梦想早已实现。从我成为纪录片导演开始，我反复问自己：在这个时代，我可以做什么？我应该做什么？我奋斗的意义是什么？人生本无问卷，所以人人都是出卷人，人人也都是答卷人。

《流动的中国》中的每一个故事，都反映了当代中国人寻找人生的意义、确立自身使命的过程。

53岁的廉宏彬在西安做人才引进工作已经13年了，我们跟着他从深圳到上海，一路看着他使出各种法子吸引应届生来西安工作。他就像是西安城市形象宣传大使，路上遇到个学生就能唠上半天西安的好。他喜欢加学生微信，然后和签约成功的学生说："我就是你在西安的第一个朋友了！"

他的奔波不为自己，他所在意的是："在整个进步当中，有没有我们的脚步，有没有我们的声音，咱就从这里边起码占一点儿，咱也算很值吧。你总不能说啥都没有，你纯粹就是人家拽着你走，有意义吗？"

高考前一年，我有个去当海员的机会，差点儿就去了。那会儿学习不好，我妈觉得要是去当海员，国家管吃管住，每个月工资都能存下来，多好。但没走成，我隐隐约约觉得我不该走那条路。这次在《流动的中国》的密集采访中，我听到了一个海员的心声，他说："其实很多人都不知道我们的，但是我们很重要。没有我们的话，50% 的人会挨饿，50% 的人会受冻。"

还有位受访者说："虽然我们做的事情都很渺小，好像是琐碎的，但其实是用我们自己一点小小的力量，在推动整个社会的变化。"

聆听普通中国人的声音，记录普通中国人的脚步，这大概是我作为纪录片导演的意义。《流动的中国》的成片过程，曾被新冠疫情打断几个月。2020年上半年，我们拍了武汉和上海的抗疫过程，制作成《人间世抗疫特别节目》播出。这之后再重新回到《流动的中国》的项目之中，我突然多了一些感慨。丁大琴、林海莹、廉宏彬等人，他们没有经历抗疫那般的生离死别、跌宕起伏，他们都藏在深厚的生活当中，他们拥有的是平凡的力量。如果没有人去讲出他们的故事，他们永远不会为别人所知道。

或许有人会发问：那为什么这些人的故事要被别人知道呢？我没法给出一个理性的回答，但这些藏在生活深处的瞬间——比如丁大琴打电话给母亲说"第一，我考了第一"，比如常德一个学生7年前留给自己的一块钱创业基金——都曾让我心潮澎湃。我觉得我应该去呈现这些故事，我应该珍惜这些曾经打动我的人和事。

对于所有愿意接纳摄像机镜头的人，我们都心怀感激。感谢他们允许我们进入他们的生活，感谢他们的信任与坦诚。在最终呈现的12个故事之外，我们还有十几个剪辑完成的故事，因为各种各样的原因，最终没有出现在成片里。这是一场因为拍摄者而幸福满溢的旅程，在此，我们向每一个接纳我们镜头的人表示最诚挚的感谢：

谢谢阿勒泰草原上的布列斯别列克一家、桃子丫口村的扶贫搬迁干部袁鹏飞、火龙果田里的林海莹、驻守垃圾分类一线的环保战士周春；谢谢在川黔交界建大桥的李俊威、把梭梭树种进沙漠的马骏河、双语外卖小哥徐小超、在深圳渐渐扎根的贷款销售主管吕宗扬、刘家窝铺村的第一书记宋楠；谢谢在全国奔波"抢人"的廉宏彬，分别在陆家嘴和伦敦"守夜"的黄金交易员孙伟、王汝超和佟彤，长三办的基础设施组组长罗伟光；谢谢毛坦厂中学放孔明灯的毕业生、小龙虾大厨丁大琴、从快递小哥变身顺丰机长的赵立杰、7年前给自己写信的常德少年们；还要谢谢那些在摄影棚里分享自己流动的故事的讲述者。

最后，感谢我的团队成员李闻、丁璨、任一、金翔、刘振宇，感谢我们的音乐作曲 B6，感谢我们的后期叶安、杨宏卫、董耀、小白、孙伟中，感谢为我们创作油画的青臻还有 CP。感谢纪录片中心的各位领导，感谢本书的责编刘玮、陶阿晴。你们都是我工作中的灯塔，光芒万丈。

感谢我的妻子饶青欣，感谢你不断帮助我校正坐标，不断为我出题。希望儿子咚咚长大后，能像故事中的这些人一样，找到自己的坐标，回答自己的答卷，坚强勇敢，即使遭遇逆流，也能奋勇向前。

范士广

图书在版编目(CIP)数据

他们,在流动的中国/《流动的中国》节目组,徐闻见,赵金燕著.—桂林:广西师范大学出版社,2021.10
ISBN 978-7-5598-4294-7

Ⅰ.①他… Ⅱ.①流… ②徐… ③赵… Ⅲ.①纪实文学－中国－当代 Ⅳ.①I25

中国版本图书馆 CIP 数据核字(2021)第 198955 号

他们,在流动的中国
TAMEN,ZAI LIUDONG DE ZHONGGUO

出 品 人:刘广汉
责任编辑:刘　玮
助理编辑:陶阿晴
装帧设计:王鸣豪

广西师范大学出版社出版发行

(广西桂林市五里店路9号　　　 邮政编码:541004
网址:http://www.bbtpress.com)

出版人:黄轩庄
全国新华书店经销
销售热线:021-65200318　 021-31260822-898
山东韵杰文化科技有限公司印刷
(山东省淄博市桓台县桓台大道西首　 邮政编码:256401)
开本:890mm×1 240mm　　 1/32
印张:5.75　　　　　　 字数:142 千字
2021 年 10 月第 1 版　 2021 年 10 月第 1 次印刷
定价:78.00 元

如发现印装质量问题,影响阅读,请与出版社发行部门联系调换。